微篇小说

时 代 记 录

尚
书
房

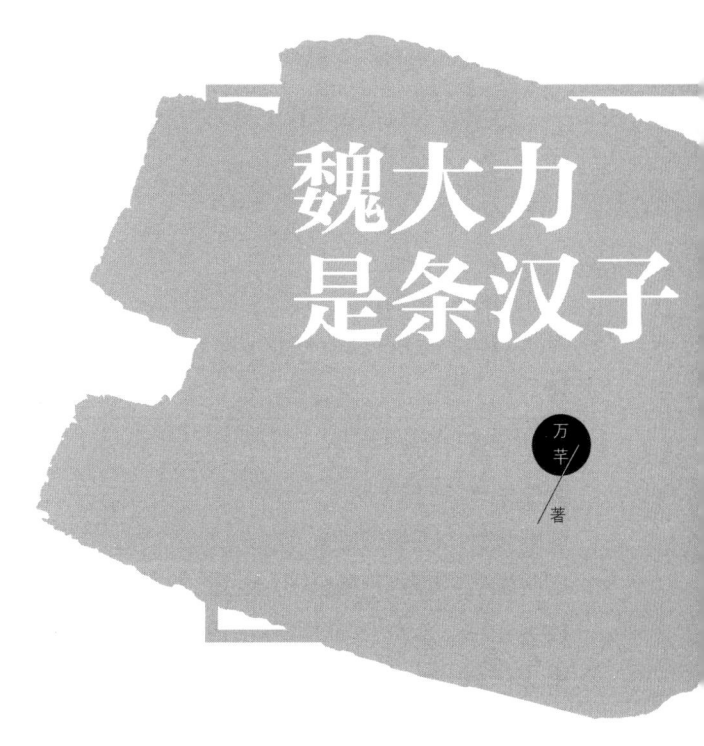

魏大力是条汉子

万芊 / 著

南海出版公司
2020·海口

图书在版编目(CIP)数据

魏大力是条汉子 / 万芊著 . -- 海口：南海出版公司，2020.8
　ISBN 978-7-5442-7480-7

　Ⅰ.①魏… Ⅱ.①万… Ⅲ.①小小说—小说集—中国—当代 Ⅳ.① I247.82

中国版本图书馆 CIP 数据核字（2019）第 132115 号

WEI DALI SHI TIAO HANZI
魏 大 力 是 条 汉 子

作　　者	万芊
责任编辑	李凤君
装帧设计	马顾本
出版发行	南海出版公司　电话：(0898) 66568511（出版）(0898) 65350227（发行）
社　　址	海南省海口市海秀中路 51 号星华大厦五楼　邮编：570206
电子信箱	nhpublishing@163.com
经　　销	新华书店
印　　刷	北京军迪印刷有限责任公司
开　　本	787 毫米 × 1092 毫米　1/16
印　　张	14.75
字　　数	147 千
版　　次	2020 年 8 月第 1 版　2020 年 8 月第 1 次印刷
书　　号	ISBN 978-7-5442-7480-7
定　　价	69.80 元

南海版图书　　版权所有　　盗版必究

- 001　男孩李里
- 004　大辫子实习老师
- 008　外婆的压岁钱
- 012　学走路
- 016　魏大力是条汉子
- 020　做爹的腿
- 024　半夜急救
- 028　李斯的伤心事
- 032　公众影响
- 036　船过三号闸
- 041　执行公务

045　嫂子要生了

049　一手好字画

052　李斯捡了一条腐败狗

057　犟哑巴

060　丁家好婆

062　乡　音

065　最后的航班

069　金丝鞋垫

072　搅　塘

076　捉鱼大王

081　匀　饭

085　缝　被

088　新皮鞋，旧皮鞋

091　还　俗

093　一不小心撞上个好女孩

097　飞　吻

102　真丝被子

105　送　鱼

108　黄军帽

111　出售诚实

113　换　画

116　绑　票

120 护　送

125 讨工钿

130 遛鱼王

134 金算盘

138 雾　魇

142 废　院

146 李可的持枪证

151 随份子

155 相约钥匙桥

159 追部队

164 被拒签的父亲

169 被侮辱的母亲

174 传口信

179 赶场子

183 河豚王

187 接　站

191 冷　枪

195 空巢老教授

199 宫保鸡丁

203 落脚猪

207 摸蚌人

211 摸砖人

215 残　鸟

219 拜　年

222 虬　弄

226 冻　土

男孩李里

　　从来没有什么事让冯岚陷入如此尴尬的境地。下午最后一节课上,冯岚突然来了尴尬。那个突然可以说突然到了令冯岚措手不及的地步,几乎在一瞬之间,冯岚生理上突然如泥石流一般崩溃了,一点没有预警,冯岚只觉得脑际"嗡"的一下,感到天就要塌下来一般。她的心怦怦直跳,真不知道该如何应对这生理上突然的崩溃。她只能一动不动地在课桌上趴着。

　　冯岚是随着父亲从部队转业而转来陈墩镇中学读书的新生,因为才转来,没有任何相知相好的同学。更因为她相貌平平,在班上没能显山露水。尤其是同桌莉莉,似乎不屑于与土里土气的她为伍,很少与她搭话。

　　冯岚趴在桌上,只觉得一股温湿的液体在凳子上洇开来,本能让她屏息静气,不敢轻易动弹一下。

好不容易挨到下课铃响，整个教室移动课桌、凳子的声响，让冯岚惊慌，生怕稍一晃动会引发新一轮的崩溃。

好不容易，满课堂的同学离开了，值日的同学打扫完了教室，一扇扇关上窗户，也一个个离开了，冯岚真正感受到度日如年的滋味。这时，冯岚在想只要是哪个女生这时候帮她一把，她以后一定会好好谢她的。然而让冯岚心寒的是，没有一个女同学来问她一下，这让她很伤心。

不知道过了多长时间，教室跟校园都已寂然无声。冯岚从眼角的余光中发觉天色已暗淡下来，只是她觉得还不是时候，她在企盼暮色全部降临。她清楚，这时还不能够贸然离开。可就在这时，突然发现教室里还有一人，正坐在昏暗的教室里就着窗外的微光寂然无声地做着功课，她记得他好像叫李里。这又让冯岚突然紧张起来。

又不知过了多久，暮色终于笼罩了整个校园。可能是实在太暗了，李里那边开始收拾课本、书包，磨蹭了好长一段时间，才迟疑着离开教室。冯岚这才小心翼翼地收拾好书包，做贼一般，边收拾边用书包里的笔记本纸页清除凳子上的留痕，用书包尽可能地遮盖住一些尴尬，离开座位，离开教室。当她正想随手拉上教室的门时，突然被走廊里一个无声的身影吓了一大跳。

"你，干吗？"冯岚受了惊，声音发颤。

"等你。"李里问，"你没事吧？要不要帮你？"

冯岚摇摇头,像躲瘟疫一般躲着李里,心里不住地念着"李里李里快消失"。然而李里不但没消失,反而递过一件塑料雨衣。

冯岚心又怦怦直跳,一低头,取过雨衣套上,捡了救命稻草一般,低头拣黑暗处小心翼翼地走了。此时,天下着细雨,天黑路滑,行人极少,好不容易回到家,冯岚哭了,心里酸酸的、涩涩的,说不出啥滋味。

第二日一早,冯岚进教室时,趁无人时偷偷还上雨衣,后来竟发现李里的座位一直空着,直到中午,才听同学说李里昨晚回家骑车摔了,手和腿都伤得很厉害,正上着药膏躺在医院里。原来那天李里是值班长,最后一个离开教室关好门窗是他的职责。这让冯岚心生愧意,又生怕班主任追究什么。

李里伤好点后,来学校上课,见了冯岚也没事一般,这让冯岚非常感激。直到李里生日那天,冯岚偷偷送了他一件很精致的礼物。李里实在闹不清这新来的女生为啥给自己送礼物,而且知道自己的生日。

那一天,李里一直惴惴不安,生怕有同学知道,笑话他,而那件礼物更不知藏在哪儿好,让他挺尴尬的。

从那天起,李里见了冯岚总是躲得远远的,像做了错事一般。

大辫子实习老师

周星读小学六年级的时候,跟离婚的娘回到外婆家在陈墩镇小学借读。周星是早产儿,出生时,瘦弱得连接生的医生都不敢用力给他擦拭。伴着周星一天天长大的是苦中药、葡萄糖盐水和娘的泪水。

周星在陈墩镇小学读了一周后,教数学的班主任欧老师回家生小宝宝。接欧老师班的是新来的实习老师。校长事先告诉他们,实习老师是即将毕业的省立师范的师范生,姓卢。

卢老师来的那天,校长在班级里挑了几个大个子去码头接。临放学时,同学们扛着卢老师的行李回来了。

卢老师很年轻,梳着条大辫子,脸蛋白白的,一说话就红彤彤的。

没想到,卢老师头一回上课就出了事。上课前是广播体操,周星体弱鼻子老出血，平时不用做操，新来的卢老师不知道。周星很想做操，卢老师看见没吱声，周星挺得意。不料想，才做了几节操，周星那鼻血就涌出来了，很吓人。卢老师把身边所有能够擦血塞鼻子的软纸全用上了，还是没能帮周星止住鼻血。卢老师慌了，情急中，速速让几个大同学搀扶周星去自己的宿舍。

进了卢老师的宿舍，卢老师让几个同学把周星扶上自己的小床让他平躺着，找棉絮、找毛巾、找水，为周星擦血、止鼻血，还用凉毛巾为他捂鼻子。折腾了好久，周星的鼻血才止住。周星脸色惨白，头晕得厉害。可周星是个要强的男孩，他强忍着自己的不适，忽闪着眼睛，冲忙碌的老师笑着。卢老师估计没事了，就让周星再躺一会儿，自己这才匆匆去上课。

出了这么多的血，周星觉得很疲惫，身子里好像被抽掉什么似的，一点力气也没有，平躺在老师软软的小床上，一下子就睡着了。

周星醒来时，四周很静，只有上课的声音远远传来。周星很新奇，似乎到了一个完全陌生的环境。纸糊的窗户透进柔柔的阳光，把老师的房间映得亮亮的。最神奇的是，周星闻到了一阵阵特别好闻的香气。那香气很柔，淡淡的，一阵阵，把周星撩醒。周星小小的鼻翼夸张地抽动着，尽可能在残存的血腥味里捕捉周围的香气。后来，周星终于找到了那香气的源头，竟然是自己睡着的卢老师的枕头，那枕头大大的，柔柔的,香香的。周星禁不住用并不通畅的鼻腔在枕头上贪婪地嗅着,那香气让周星陶醉,他觉得这是世界上最好闻的香气。只是,自己的鼻血已经把卢老师好看的枕巾和枕套弄脏了,那污血已经干结了。这让周星浑身不安起来,偷偷离开卢老师的宿舍,悄悄地在教室门口的石条凳上坐着。正在上课的卢老师无意中看见了他,走出教室,蹲下身子问他:"好点了吗?"周星歉意地点点头。就在卢老师蹲下身子的瞬间,周星隐约闻到了卢老师发间飘散出来的淡淡的柔柔的香味,跟卢老师枕头上的香味是一样的。

卢老师说:"石头上很凉,进教室吧。"周星在所有同学静静的注视下走进了教室,因为有卢老师的一只手在他的后背上轻轻地推着,周星心底感到了从未有过的温暖。

卢老师枕头香气的秘密,一直深藏在周星的心里,同时对弄脏卢老师枕头的歉意也一直纠结着周星。周星没有告诉任何人,其实他也不知道怎么跟别人说。有一回,他跟娘一起去供销社买盐和酱油,突然发现了货架上的香皂,兴冲冲地跟娘说:"妈,你买块香皂吧,洗头很香的。"在周星的印象里,娘的头发从来没有香过,不是油锅味就是汗酸味。娘听了,不解地问:"你说啥?"周星兴致勃勃地说:"我们卢老师的头发很香。"娘恼了,斥责周星:"你小小年纪,不好好读书,管老师的头发香不香的。"娘很严肃,周星知道自己说了不该说的话,心里更加纠结。

为了了却这个纠结,周星准备赔卢老师一条枕巾。周星看过,供销社里有,两块一毛八分钱。周星只有外公给的一块钱压岁钱,还差一块多,让周星费尽心思。他把外公的小酒瓶藏起来,又把外婆的甲鱼壳、鸡黄皮藏起来,卖了钱攒着。他还去小树丛里捡蝉蛹壳卖钱。好不容易攒够钱买了枕巾,周星却病了,一病病了好几天,天天高烧不退。

当周星退了高烧再回学校时,卢老师却实习期满走了。听同学们一说,周星两眼茫然。这天放学,生了小宝宝回来的欧老师把他叫住,递给他一小包红衣小花生。欧老师说:"这是卢老师专门托人捎来的,让你娘连着花生衣一起煮水喝,可治出鼻血。"拿着花生,周星愣愣的,心里更不是滋味。

过了好些年,周星了却了自己的一个愿望,像卢老师一样考上了师范大学,学了数学,毕业后还留校当了老师。只是周星一直没能遇上时时牵挂的卢老师,那条想赔给卢老师的枕巾,只能一直珍藏着。

外婆的压岁钱

过年时,弟陪妈回了一次陈墩镇老家。

回城后,弟跟我说,这次回老家收获特大,带回了一沓外婆的压岁钱。

我说:"弟,你别胡说,外婆过世都十多年了,哪来压岁钱?"

弟说:"真的,哥,不骗你,是外婆的压岁钱,宝贝呢!"

我问妈。妈说:"是的,在你大舅、大姨那里找到的。"

妈原原本本讲了外婆压岁钱的那些旧事。

我妈共生了我们兄妹七人。我爹原先在上海靠教画卖画赚钱养家。我九岁那年,我爹得肺痨过世了。我爹过世后,我妈就靠变卖不多的家当和在镇上南货店帮人做事赚些钱。钱不多,妈常为吃穿发愁。

我妈挺能干，我们兄妹的衣服大都是我妈用我爹的旧衣改的，一件长褂常常改了又改、补了又补，大的穿了小的再穿。我爹原先在上海是要出入一些体面场所的，虽说衣服旧些可料子挺好，再加上我妈的巧手这么一拾掇，穿在我们兄妹身上，一个个显得清清爽爽，还带些洋气。

只是我妈再能干也变不出米面来，我们兄妹都在长身子，家里不多的米面煮成稀粥面糊糊，还是不够填饱肚子。我妈常常带着我们去乡下挖野菜、捞野菱、采野果，掺在稀粥面糊糊里匀着吃，自己干脆饿着肚皮睡觉。后来，我大哥学医终于出师了，开始在乡下给人治疮疖赚些小钱贴补家用，妈稍稍缓了口气，但还是常常发愁。

我妈喜欢读书，我妈说话，与人不同，她常跟我们说"与人讲话，看人面色，意不相投，不须强说"，后来我们知道，其实是书上的话。受我妈影响，我们兄妹都喜欢读书，在学校里，功课都挺好。我妈过日子，其实挺讲究，家境虽困窘，也从不让男孩子在人前赤膊、女孩子在人前赤脚。一年中每一个节气，都是按书上老规矩过，该贴春联时贴春联，该挂艾草时挂艾草，该吃粽子时吃粽子。就是我妈裹的粽子特别小巧，谁也不舍得吃。

到了春节，我妈开始忙碌，每一天大家都会沉浸在我妈营造的过年气氛中。大年初一早上，我们都能穿到妈新改做的衣服，吃到妈蒸的南瓜糕，拿到妈隔夜包好的红包。只有这一天，我妈底气十足、财大气粗。压岁钱，每人一大包，这些压岁钱统统加起来，也许就是妈半个月的工钱。我妈红包的外皮是特别鲜艳的红纸，里面还包着大一点的红纸。红纸，是妈在供销社里帮人家打扫卫生时收集起来的边角红纸。为这些红纸，妈常义务去打扫卫生。红纸上，写满小字。我妈用我外公传下来的湖笔，写上规规整整的小楷。红纸上，我妈给每人写上压岁钱的金额。这就是我妈的压岁钱，其实是一张张红色的白条。虽说是白条，我们仍很渴望。这些白条，总让我们惊喜，因为妈在红纸上还写着好多非常精彩的评语，还盖上她自己的私章。我们拿到自己的红包，就偷偷地藏起来。没人时读读妈的评语，总会得意好长一段时间。只是我妈从来没有给我们兑现过这些白条。过了年，看着重新愁眉紧锁的妈，我们谁也不敢提压岁钱的事。

我妈取出一幅已经精心装裱的我外婆的压岁钱的红色白条，那秀美的字体和暖心的话语，真的让我眼前一亮。"这一年，姗妹表现最佳，春季挖马兰头，又多又干净。暑时人家送来西瓜，姗妹把自己的一份让给了弟妹。一年里，姗妹受先生上门口头表扬两次。考试居全年级第一。奖姗妹压岁钱六元。"那就是我妈十六岁那年得到的压岁钱。

看着看着，我有点疑惑，问我妈："你的这些压岁钱白条怎么会在大舅、大姨那里呢？"

我妈说:"外婆的这些压岁钱,后来大哥、大姐都兑现了。为帮妈,我大姐虽说读书很好,初中毕业后,还是放弃考高中,去乡下做了乡村小学复式班的老师。"

我妈又说:"这六元,相当于全家当时一个礼拜的生活费,是后来大哥和大姐一起私下里兑现的。第二年,我考取了省城的师范大学,我就拿着这六元压岁钱一直读到大学毕业。其实,除了大哥大姐,我们下面五兄妹全都以特别出色的成绩考取了不用花钱的师范大学。"

我弟说:"还有,谁也没有想到,外婆竟然传承了一手家乡早已失传的卫泾状元体,县里搞文史的专家把外婆的这些红纸条当成宝贝,觅宝似的取过去放在博物馆里珍藏。"

我妈说:"虽说我外公是当时镇上很有名气的私塾先生,而我妈却没读过一天私塾。我们家,其他没有,书不少,妈非常珍惜那些书,一有空就拿几本破旧的《三字经》《弟子规》《小儿语》认字、写字。她认了好多字,写了一手好字。"

妈感叹:"我们兄妹一辈子最佩服的人就是你们的外婆。"

学走路

　　黎丽一直不敢回想那个不堪回首的风雪除夕夜，开小车回老家过年本已是他们无奈的选择，怎料想，当疲惫的他们已经见到自己村头的灯光时，小车却被一辆失控的从山坡上冲下来的拖拉机撞下山坡。随着小车不停地翻滚，黎丽顿觉天昏地暗，而当她从急救病床上迷迷糊糊醒来的时候，天确实真的塌了下来：丈夫和她自己的左腿已经永远地离她而去了。

　　弱弱的她只能弱弱地问一声医生："我肚子里的还在吗？"看着如此虚弱的黎丽，医生也只能说："我们尽力吧。"

　　遍体鳞伤的黎丽最终让自己坚强地活了下来，她在医院里躺了整整三个月。医生终于肯定地对她说："你肚子里的小宝贝保住了。"

　　坐着轮椅，挺着渐渐大起来的肚子，黎丽重新回到了先前创业的鹿城,硬着头皮独自打理起丈夫撂下的一个不大不小的摊子。黎丽的肚子一天天鼓起来,公司却整天有她忙不完的事。就在黎丽觉得实在支撑不下去的时候,孩子降生了,那是一个有着两条肉嘟嘟美腿的小男孩,像一个小天使,被赐给了处在绝望边缘的她。黎丽给儿子取名重生。久久地看着儿子乱蹬的双腿,黎丽的心化了。

没有左腿的黎丽,只能坐着轮椅,两头忙碌,儿子、公司,哪一头都不敢有一丝疏忽。

儿子一天天长大,黎丽有些着急,她觉得其他同月龄的孩子大多会走路了,而她的孩子还不会走路,他只会围着她的轮椅爬行。黎丽知道,要让儿子跟其他孩子一样学会走路,只有她自己先丢掉轮椅,学会走路。

黎丽去了上海最大的义肢公司,为自己定制了一条义肢。只是二十多斤重的义肢装上了,要顺利走路并没有黎丽想象的那样简单,残肢与义肢摩擦的地方是她连着心的还没有长结实的皮肉,站起来稍一用力,便钻心地痛。咬着牙,黎丽让自己站着,即使挪不动步子,她也要让自己坚持站着、挪着。没多时,残肢上的皮肉绽开了,血肉模糊。抹了消炎药膏,她还站着、挪着。站了整整一个月,皮肉烂了,又长了新的。新的皮肉渐渐地成了痂、又成了茧,先是薄薄的,后来渐渐地加厚。扶着墙,黎丽从头开始学走路,一次次几乎摔倒,然她却忍着剧烈的疼痛,坚持着。

黎丽丢了轮椅，儿子也渐渐习惯不再在地上爬行。一个月后，站立的黎丽已经能够腾出一只手，把儿子从地上拉起来，拉着他让他站立，拉着他让他学挪步。终于有一天，儿子在自己的不知不觉中放开了拉着黎丽的手，自己挪了几步。黎丽惊喜万分：儿子竟然会自己挪步了。儿子会挪步，进步很快，黎丽又跟不上儿子了。为跟上儿子，儿子睡觉了，黎丽不睡，她一次次逼自己，儿子能挪几步，她一定要在儿子睡觉醒来时也能够挪成，然站得久了，即使有了老茧，皮肉上也磨出了鲜血，钻心地疼。

只是儿子走路越来越老练，蹒跚着已经能够从这一垛墙走到另一垛墙边，黎丽却无法做到，即使她非常努力，也只能挪几步，中间还得放张桌子，扶一下、接一下力。

儿子终于能够很随意地走路了，黎丽做不到。然有儿子做榜样，黎丽努力着。

一年后，黎丽也终于能够自己走路了，她不再用原先的轮椅。在屋子里，她慢慢地走动。出了门，她就走向小车开着去公司、去超市。只是，她一直比儿子差劲。有一回，儿子拉着她的手，跟她说："妈妈，我们来跑步比赛吧。"黎丽犹豫了一下，兴致勃勃地响应儿子。儿子跑起来，一扭一扭的，一下子就把她落下了。黎丽努力着，尽力跑动起来。一会儿，儿子带着笑声跑到了目的地，黎丽却还在艰难地跑着。儿子欣喜万分，高喊："妈妈，我第一名了。"

黎丽跑着，开心地笑着。只是那天，黎丽接触义肢的皮肉又打磨开了，然黎丽觉得心里暖暖的。儿子不仅学会了走路，还会跑了。

儿子重生一天天长大，已经到了认字画画的年龄，特别乖巧。

有一回半夜里，黎丽被儿子的声响惊醒。儿子惊讶而恐惧地看着缺了一条腿的黎丽和奇怪的假腿。

黎丽问："重生，你怎么啦？"

儿子问："妈妈，你的腿到哪里去了？"

黎丽说："它不听妈妈的话，自己走丢了。"

重生又问："那爸爸是去找你的腿了，是吧？"

黎丽一下子心酸酸的，眼泪强噙着，点点头。

重生天真地说："我知道了，等我长大了，我去把爸爸和你的腿找回来。"

黎丽一下子抱住儿子，眼泪涌了出来。

自此，每天傍晚时，儿子总拉着黎丽在小区的人行道上走一圈，一边走一边小心地帮黎丽看着路，小心翼翼的样子。有时有人问，重生就告诉人家："我在帮妈妈学走路呢。"

又一年，黎丽生日，儿子诡秘兮兮地说要送给妈妈一个礼物。

第二天一早，黎丽醒来时，只见儿子把她的义肢擦得干干净净，上面有他用彩色水笔画的花，还写着一行字：妈妈爱我，我爱妈妈的 jiatui。

魏大力是条汉子

　　银泾村多水,村中间是条大河,村两边是两条小河。三条河东西贯通,西承白淀湖,东泻淀山湖。一年四季,河水清澈。

　　银泾村多水,银泾村人全都会水。有些走路蹒跚的小小孩,丢在水里竟如鱼一般游动自如。

　　只是银泾村大人小孩们游泳的姿势实难恭维,一律非常难看的狗刨式。一到夏天,满河水面上都是乒乒乓乓双脚板打水的声音。曾有好几回市里、省里游泳队听说银泾村多游泳高手,专门赶来物色游泳苗子,一看满河的狗刨式,转身就走了。

　　后来,魏大力回村后,情况就开始变了。

　　魏大力是个军人,当年也是百里挑一才选上当了海军。谁料想,在一次飓风抢险中,魏大力两腿受了伤。受伤后的魏大力当时又被飓风困在海岛没有得到有效的救治,最后两腿因肌肉坏死而只能截肢。截肢后,魏大力只能退役回到了老家。

当过海军,那游泳技能自然是一流的,只是魏大力缺了双肢,整天只能坐在轮椅上无所事事,内心空空,每天伴着他的是无尽的寂寞。

到了暑天,孩子们像他小时候一样整天泡在水里,河水成了村里最热闹的去处。魏大力心里痒痒的,常常坐在轮椅上看孩子们戏水。

有一回,村头李家的二丫头学游泳时,小木桶翻了,慌乱中一边挣扎一边呛水。说来谁也不信,魏大力就着岸上的坡度滚着轮椅冲入河中,靠两条坚实的手臂,快速游近李丫头,又神奇地用手臂挽起李丫头,让她趴在自己的肩膀上,游了回来。所有的人都愣住了,谁也没有想到,双腿截肢的魏大力竟有如此绝技。

之后,魏大力每天还是坐在河边或桥边或河埠边看孩子们嬉水,只是手边多了一根长长的竹竿,大凡有孩子出情况了,他就会迅即伸出长竹竿,让孩子在水里拉着,助遇险孩子一臂之力。过了一段时间,魏大力手里又多了一根小竹竿,孩子们在他边上水里游动时,他会用小竹竿指点孩子们的手脚动作,传授一些游泳的要领。孩子们都喜欢他,上岸时,总推着他的轮椅,满村转悠,满村的欢笑声。又过了一段时间,银泾村河面上安静了,再也没有难看的狗刨式了。这是魏大力教的游泳技能在孩子们中传授开了,那游姿优雅文静又快速。甚至大人们也开始模仿起来。再过了一段时间，魏大力的脖颈里多了一只哨子，他非常专业地为孩子们的游泳比赛发令。整个夏天，魏大力是忙碌的，更是快乐的。他成了孩子们游泳的教练，成了孩子们游泳的救生员，更成了孩子王。魏大力在哪里，欢乐的声音就在哪里。忙碌的大人们自有魏大力带着自己的孩子，也放心让他们在河水里折腾了。

那年秋天，又有市里、省里游泳队来挑游泳苗子，村头李家大小子、会计家的二丫头被选上了，他俩带着简单的行李跟着镇上开来的机帆船走了。之后，每年都有一些孩子被选上，离开了银泾村，成了游泳运动员。

再后来，市里要在银泾村挂一块"游泳之村"的牌子。金泾村不服，说："我们也被选拔过游泳苗子，只是没有你们多。"

银泾村就提出搞个邀请赛，两个村赛一赛。

比赛就设在银泾村中的大河里，起点和终点都插着红旗，也请来了专业裁判。市体育局干部、电视台记者、报社记者都来助兴。大河两岸站满了好多看热闹的人。

发令声响，比赛开始。两村的男女老少游泳高手像下饺子一样，跃入河中，又如蛟龙一般争先恐后，河水顿时沸腾一般。渐渐地，好多游泳高手们汇成了一股长队，依次向前游动，而只有一个头影游在最前，率着队伍向终点冲去。奇怪的是，原先游在前头的一些零散的高手们也慢了下来，汇入到游泳队伍里。等领头的那位靠近终点红旗时，整个队伍像潮水一般涌了过去。

金泾村的游泳高手们上岸后,都说:"我们服了。"为啥?"你们银泾村有魏大力。"原来,刚才游在最前面的竟然是没有下肢的魏大力,而银泾村所有的高手们都自发地跟在了他的身后。

上岸后,魏大力双手挽着自始至终紧随他的几个他最得意的徒儿,哭了。

几年后,魏大力在市体育局的支持下,参加了几次全国残疾人游泳比赛,获得了几枚冠军。

其实,知情人说,没残疾前,魏大力就获得过几次全国游泳冠军,只是他没有跟人说而已。

做爹的腿

阿朋十二岁的时候,娘走了。其实,村里人都知道,阿朋的娘迟早是要走的。阿朋的爹是个残手残腿的人,手是先前撞船时撞残的,硬伤,少了几根手指,做活儿时,不怎么顺手。腿是软伤,可能是常年在湖上捕鱼捉蟹,受了风寒,又加上撞船受了伤才渐渐残的。

娘要走,阿朋也知道。娘走后,阿朋便和他爹相依为命。阿朋爹其实是个能干的打鱼人,身子虽残,然打鱼的活儿照做。阿朋娘走后的整个秋天,阿朋爹一直硬撑着残疾的身子忙自己的活儿,捕鱼捉蟹,维持生计。

然阿朋爹终究是个残疾人,腿残了,打个酱油买包烟啥的,还是挺难的。十二岁乖巧懂事的阿朋成了爹的腿,只消爹轻轻吱一声"阿朋,帮爹跑一趟",阿朋就乐颠颠地去了,酱油呀、烟呀，一会儿就买回来了。阿朋爹常夸阿朋是"小脚船"。

阿朋爹手脚虽残，然干活还是挺能的。有回捡了人家丢了的一架破童车，卸下大小四个车轮，捣鼓了半月，终于给自己做了一架结实的小推车。轮子很滑溜，轻轻一推就能够滑上好一段。座位是按照自己的需要特制的，只要身子一挪就能爬上去。阿朋爹有了这架自制的小推车，阿朋推着来去方便多了，阿朋真的成了爹的腿。去湖上，去鱼市，阿朋推着爹轻松来去。一路上，阿朋和爹总是笑声不断。

鱼市上，阿朋父子俩的鱼总是最先卖掉，一则他们捕的鱼不多，再则可能人家看他们父子俩不容易，都想帮他们一把。

阿朋爹捕鱼的是一条很小的划子船，单桨。每回，阿朋爹坐在船艄，用残手划桨、撒渔网、拉网收鱼。阿朋坐船头，帮爹整理渔网。小划子船也叫"嘭嘭船"，待渔网撒下水后，为了让水下的鱼自投罗网得用脚把船上的木板跺得"嘭嘭"响，阿朋爹腿脚不行，阿朋爹就让阿朋跺，阿朋最喜欢跺"嘭嘭板"，他知道，跺得越厉害，鱼就能捕得越多。捕鱼，对阿朋父子来说，本来是一件挺难的事，然他们手脚合用，"嘭嘭船"上同样是欢快的笑声。

深秋渐渐过去了，初冬来了。每年这时，公社里要进行奖羊比赛。其实是搬南瓜比赛，谁搬得多，谁就能奖到羊。阿朋爹很想奖到羊，有了羊可以自己养。然比赛得手脚并用，而阿朋爹腿脚不管用。今年，阿朋爹专门去公社大院缠着文化站站长想参加奖羊比赛。站长说:"你腿不管用怎么比呀?"阿朋爹说:"我儿子是我的腿,我能比。"公社书记见了,说:"他能比就让他比呗,羊,公社有。"

过了一天,奖羊比赛就开始了。比赛分了好多组,又有好多规则,得在规定的时间里,把场地一边的大南瓜搬到另一边。南瓜个大,力气再大的人一趟只能搬个两三个。而阿朋父子俩却不同,阿朋爹手残却手臂粗壮有劲,他一下子抱了四个且一直搂到终点。阿朋人虽小,然推起爹的小推车,并不比人家的腿慢。来回十几趟,人家人高马大的都一个个败下阵来,而阿朋父子俩手臂腿脚合用,竟然搬动了一大堆南瓜,稳稳地得了个头名。公社书记乐了,挑了只最大的羊奖给了他们,还在公社广播里表扬了他们。阿朋父子俩牵羊回家乐得像过节一样。

天冷了,也到了捕鱼和捉蟹换季的时候。为了"守蟹",父子俩起了个大早,湖岸上积了一层霜。阿朋并不知道,茂密的枯草打了一层霜是非常滑的,他推爹时,毫无防备,车子竟然自己顺着岸坡朝下滑,阿朋爹想抓两边的草却没抓住。阿朋慌了却不敢松手,力气小又拉不住车。只一转眼工夫,父子俩便随着小推车一起冲入高岸下的深水里。阿朋是会水的,裸身能游过一条小河,然这回,阿朋随着小推车一下子冲到了湖底,冰冷的湖水一激,手脚麻木了,怎么使劲都动弹不得,想憋气,又憋不住,一会儿就没了知觉。

待阿朋重又恢复知觉的时候,自己已经被倒挂在紧贴水面的枯枝上，爹正浮在水里不停地抠他的喉咙，阿朋满肚子的水被爹抠得一股又一股冲出来，一直到肚子里空空的再也呕不出啥。

阿朋没弄清自己怎么会倒挂在枯枝上的，只觉得爹正伸着粗壮的手臂在举他的身子。阿朋爹嘴里喃喃着："快去叫你叔，快去叫人。"阿朋挣扎着，借着爹手臂的力，爬上了湖岸，跌跌撞撞回村叫叔叔。叔叔又叫了一些大人，把水里已经冻僵的阿朋爹拉出了水，送公社卫生院。住了半月，捡回一条命。

出院后，阿朋父子俩仍然忙碌着。父子俩需要手的时候，爹会伸出自己的残手，虽残然特别粗壮，那是阿朋的骄傲。父子俩需要腿的时候，阿朋跑得比谁都欢，那是他爹的骄傲。

阿朋娘走后，阿朋父子的日子过得有滋有味。

半夜急救

半夜十二点多，夏院长匆匆来到一楼急救室，只见两张急救床上，躺着两个车祸病人，都是三十多岁，男的，浑身是血。一个在呻吟，半边脸已经肿得变了形，血流不止。另一个，一条腿断了，人昏迷，神志不清。

夏院长吩咐先动手抢救断腿病人。人手不够，夏院长让护士把内科值班医生、护士都叫了过来。

输氧、输血、清创、消炎、用药、缝合、检查……

急救室里，一切有条不紊。

断腿病人做了检查后被推到了楼上手术室，继续抢救，开始做接肢手术。按理说这么危重的病人最好转送市医院，那边医疗技术和设备都比他们这乡镇医院要好，但夏院长担心路上出事，这病人已经耽搁了好长时间，只有马上手术。

手术进行间，夏院长问值班外科医生："这两个人怎么过来的？谁送过来的？送的人呢？"

值班外科医生说："是脸受伤的人自己开着摩托车驮着断腿的人过来的。过来时，倒在医院大门内，浑身是血，吓坏了保安。"

"又是摩托车？"夏院长心头一凉，又问，"他们有没有说在哪里出的车祸？"

值班外科医生一脸困惑，这俩人，一个昏迷，一个死不开口，连最起码的缴费、签字手续，都无法弄。

"他们不像是在附近出的车祸，你们说呢？"夏院长仔细看了伤口说。

值班外科医生手上忙着，嘴里说："是的，从创面看，他们受伤已经有一段时间了，只是我没想通，他们怎么不去市里的医院，偏要赶到我们这偏僻的乡镇医院呢？这俩人伤得蹊跷！"

夏院长吩咐一旁的内科护士，说："你去，抓紧做几桩事。先把那个脸上受伤的人送特护病房，安排特护，不能离人。再给我家里打个电话，让我女儿马上来这里，说我这里有事让她过来帮忙。"

夏院长的女儿是市一院的专科医生，读的是博士，专攻心血管。只是，熟悉夏院长的几个医生都知道，夏院长女儿夏阳半年前出了事受了伤，一直在家养伤。那回，夏阳从医院里值夜班回家时，被骑摩托车的飞车贼抢了包，抢包的人很恶劣，突然从黑暗里蹿出，打了她一铁棍，把她打翻在地。打的是腿，很狠，一条腿当即被打折。夺包时，夏阳看清了抢包的俩人，三十几岁的男人，报警时她愤恨地说："这俩人，烧成灰，我也认得。"

不多时，夏阳来了，拄着拐杖。看了看躺在手术台上的病人，夏阳与父亲的眼神对视交换一下，俩人似乎啥都明白了。夏阳没说话，默默地看父亲做手术。夏院长虽说已五十九岁了，然眼神和手的灵活，仍不输有经验的年轻医生。一会儿，有医生进来，拿着检查报告，告诉夏院长一个惊人的坏消息，检查发现这断腿病人胸口离心脏非常近的地方有一枚金属针，针尖已影响到了心脏，需要同时手术。

夏阳再也坐不住了，跟父亲说："这个手术，我来吧。"夏院长清楚，在当事人没有履行任何签字手续的情况下进行手术，要冒巨大风险。但若不马上手术，断腿人很可能因心脏被刺而下不了手术台。夏阳做了一番准备，便为断腿人做起了胸口取针手术。腿伤正在恢复的夏阳，站着手术很累，做一会儿，小坐一会儿歇歇。一边的夏院长正做着断肢再植手术。两台手术同时进行，父女俩只消眼神传递，便能默契配合。

一直到第二天上午九点多，手术才做完。从昏迷中抢救过来的断腿病人被送入了特护病房。

好几个小时站下来，夏阳累坏了。手术结束，夏阳问："爸，你怎么知道是他抢了我的包？"

夏院长说："我只是有一点预感，我让你过来就是要让你看看到底是不是他们。其实,我不是让你来做手术的,却被你赶上了。"

夏阳说:"没办法,一进手术室,手就痒,遗传的。"

夏院长后来听说,那断腿人使了苦肉计。那插入胸口的针叫"拍针",是事先花钱叫无良的人插进去的,一旦作案败露,他们便拍胸自残,嫁祸他人。

夏院长想想有点后怕,幸亏叫来女儿,幸亏及时手术,幸亏手术成功。

第三天,断腿人脱离了生命危险,人在特护病房,走廊里有民警轮流看守。一直到康复,这俩人才先后从医院转到市看守所。

临走时,断腿人说要见一眼救他的人。夏院长没同意。断腿人有点失望,上警车前,朝医院大门恭恭敬敬地鞠了一个躬。

李斯的伤心事

　　李斯登上东方航空从墨尔本到上海的飞机，这是他退休后随团观光澳大利亚的回程。登机时，李斯没能和团队里的人坐在一起，而是夹在陌生旅客的中间，一边是一个胖乎乎的老外，一边是一个小女子。那小女子，五官特别精致，乍一见，有一种让人蓦然心动的感觉。小女子穿得挺随意，肌肤细腻泛着淡淡的黝黑，一阵阵幽幽的肤香萦绕着她，不时撩拨着李斯敏感而脆弱的鼻翼。小女子一上飞机，就沉浸在自己的世界里，戴着耳机听音乐，摊开平板电脑看剧、玩游戏，听累了、看累了、玩累了，就架着羊角旅行枕安静地入睡。

　　下了飞机，李斯与小女子一前一后入关、取行李，有团友轻声跟李斯耳语："东方航空真大方，给你一路配了个大美妞。"李斯笑笑，不说话。

几乎同时，李斯和小女子都发现了自己的行李箱，很巧，都是德国产的日默瓦铝镁合金旅行箱，然李斯是二十寸的小箱子，伸手一拉就从行李输送带上取了下来，而小女子却是一只三十寸的大号旅行箱，拉了几次都没能拉下来。小女子跟着旅行箱移动着，一副无助的窘态。李斯走过几步，轻轻说了一声"我来"，就帮小女子拉箱子，不料，箱子出乎意料的沉，李斯一用力，没拉下来，再用力，拉了下来，而李斯在取下箱子的同时，觉得心口"咯噔"一下。

小女子说声"谢谢"，径直推箱子走了，她似乎已经习惯了别人的帮助。

李斯一路上拉着自己的行李出来，有团友跟他开玩笑，说李斯有艳福，人家小美妞专门提供机会让他为人民服务。李斯笑着，眉头却皱了起来，觉得心口有些异样，一阵阵的，隐隐作痛。李斯心想，也许是坐长途飞机累的。

出了机场门，李斯渐渐落在了队伍的最后。见推着行李的大部队都过了人行道，李斯努力地紧走几步，谁知一辆黑色宝马急速而来，离李斯一两步时戛然而止，却蓦地连按几声喇叭，带着不可一世的蛮狠。李斯一个惊吓，心口更不舒服。李斯拦住宝马，心痛得慌，人软了下来，倒在宝马车头前。

宝马车主发着飙，骂骂咧咧地打电话报警，一口咬定自己被人碰瓷讹诈上了。

一会儿，警察来了。宝马车主仍骂骂咧咧咬定自己被人碰瓷、被人讹诈。李斯没有说话，一脸痛苦。

警察问："他撞你了？"

李斯摇摇头。

警察又问："你能站起来吗？"

李斯又摇摇头。

警察再问："你要去医院吗？"

李斯点点头。

警察迅速给宝马拍了照，收了车主的驾照，把李斯的行李载上警车，扶着李斯坐进警车。

宝马车主不干了，骂着。警察毫不理会，鸣响警笛，拉着李斯一路直奔最近的医院。警车一到，医护人员就用推床把李斯推进了抢救室。主治医生第一时间的判断是李斯心血管破裂。李斯迅即被送进手术室。

手术很成功，李斯在重症监护室待了十来天，终于起死回生。主治医生说，如果再晚一两分钟，就很难抢救了。

十几天后，在警察的协调下，肇事宝马车主来医院道歉。当宝马车主走进病房时，李斯愣住了，一旁陪同且手捧鲜花的竟然是飞机上邻座的小女子。李斯不解，小女子抢先说："实在对不起，我和我男朋友向您道歉。"

李斯竟说："没事的，我还得谢谢你男朋友，不是他第一时间报警，我也许归天了。"

小女子问："你不怪他？"

李斯点点头。

小女子又问:"你不追诉他?"

李斯点点头。

宝马车主不解,问:"你们俩认识?"

小女子说:"我告诉你的,搬行李做好事的大叔就是他。"

宝马车主献上鲜花,道歉说:"大叔,请原谅我的鲁莽,您让我知道这世界上还是好人多,与人要为善。"

李斯笑了。

李斯出院后,在那份车祸认定书上签了字,放弃了对宝马车主的追诉,谁都知道,那肯定是一笔不少的钱。李斯的朋友都说,不是李斯傻了,就是李斯见人家小美妞心动了。

李斯还是那句话:"人家根本没有撞我,我为啥去讹他呢?做人切不可昧着良心。"

公众影响

  有一对甜美酒窝的归缨是桐城电视台的新闻主播。其实，归缨当新闻主播才一年，还只是个B角。有时台里有外拍任务，归缨也被安排到现场。

  桐城跟响山是对口合作的友好地区。每年，桐城都要到响山搞一些有影响的活动。活动时，电视台总安排最强的阵容随队前往。这次，归缨也在其中。

  几天紧张的活动、采访告一段落，东道主在一处僻静的山庄安排晚宴，答谢桐城参加活动的领导、企业家、记者一行。归缨是主播，很自然地被东道主邀请坐上主桌嘉宾位。归缨不会喝酒，只拿了杯当地产的矿泉水笑眯眯地一一应酬着。活动搞得圆满，晚宴气氛自然也很融洽，酒来酒去，现场高潮迭起。晚宴结束，东道主和宾客们在微醉中握手道别。

分手道别时，归缨像明星一样，被东道主热捧着，好不容易抽身去了次洗手间。归缨是个喜欢安静的姑娘，去洗手间，其实是想暂时躲避一下东道主的过度热情。谁知，她这么一躲，竟躲出了大事。当她返身来到大厅时，所有的车辆都已经离开，包括她坐的那辆。偌大的山庄，竟然走得一个人也不留，大厅的大门也被一条巨大的链条锁反锁着。这可是在前后没人家的大山里。归缨急了，忙打带班李副主任的电话。电话竟然关机。平时，归缨也没记其他同事的号码，这下惨了。她手机里有家人和闺密的号码，然她不敢贸然打，她不想让家人着急，更不希望把自己眼下的窘境告诉别人，让人家有所猜想，以致弄得满城风雨。

山庄外的大山，静得怕人，黑乎乎的，竟没一点灯火。大厅里苍白的灯光下，只有归缨孤身一人。归缨开始胡思乱想。她并不担心自己会没地方睡觉、没地方吃饭，她是个随遇而安的人。她只担心，这灯红酒绿的晚宴后她突然消失在公众的视线里，在没有任何人为她做证的情况下，她会怎样被人家猜测。在谁都知道潜规则的背景下，纵然她有一万张嘴，她也将无法在别人面前解释：此时此刻，她究竟上了哪辆暧昧的小车。注意影响，这是父亲的告诫。想到这，归缨不禁打了个寒战。其实，这么多领导、企业家的小车，她足以随便上任何一辆，她可以很私密地享受这种特权。也许，这正是大车把她"遗忘"的理由。想到这里，归缨想哭，然无济于事。

归缨环顾一下四周，大厅一边是一幅响山主景的山水屏风。过道里书报架上，叠放着好些响山的旅游景点、温泉、山庄、农家乐的图文资料，还有几本当地的乡土刊物《响山》，里面有文字不错的散文、诗歌、民间故事传说。

归缨稍作准备，以屏风为背景用手机给自己拍了一段视频。

"各位观众，大家晚上好！我是桐城电视台的归缨。现在是晚上九点三十八分，我在宁静舒心的响山天源山庄为您直播。响山，位于……"

视频贴在微信朋友圈，一会儿，有人点赞，说归缨的手机视频一点也不比电视画面差，很自然，给人亲和的感觉。

归缨又拍了一些图片，不多时，把图片发上了微信朋友圈。归缨的图片有文字解说，还有自己甜美的笑脸。点赞来了：妹呀，响山太美了，妹更美！

归缨又拍了一段响山主景介绍视频，介绍到细微处，还配了诗。归缨有的是时间，足以很从容、很随意、很率性。发上微信朋友圈，叫好声也来了：明天就去响山，归妹妹，请在响山等我们。

随意的归缨什么都拍，拍自己喝剩下的半瓶响山当地产的矿泉水，还有那喝水时万分陶醉的神态，甚至把矿泉水的矿物质含量表也拍上去了。

归缨不停地拍，不停地发布，不停地读着观众的点赞，玩得很开心，忘却了困窘和尴尬。

第二天早上,当李副主任一脸愧疚地出现时,她仍在拍呀、发呀,人很亢奋。她不知,这一个晚上,她的视频和图片的点击和转发,达到了惊人的数字。一夜间,她成了明星。响山,也在一夜间,响遍了大江南北。

该结束了。归缨拍了最后一段视频,说:"各位观众,我是归缨,谢谢大家的陪伴,再见!"

放下手机,归缨哭了。

船过三号闸

三号闸,运河入长江最大最繁忙的河闸,几条主航道在此交汇后又直通长江。整日里,船来船往,汽笛轰鸣,大吨位船舶的巨大马力给河闸附近的土地带来了震颤,让人感受到大地动脉的搏动。

倪娟是河闸的安管员,她早已习惯了这里的忙碌和震颤。只是白天和夜晚的倒班,让她多少牵挂着家里十二岁的女儿。

这又是她的深夜晚班,闭闸放水的间隙,她回到了瞭望工作室。隔着玻璃,她发现内室休息床上的异样,一个小小的人儿,蜷缩在床上,酣睡着。她轻手轻脚地走近,看到了一个女孩,小小的个儿,头发蓬乱,脸蛋是那种久晒过的暗红,分明是一个大船上的小女孩。

倪娟没有惊醒小女孩,退出内室,用对讲机向值班长报告。

第二天早上，小女孩早早地醒来，趴在窗口看大船，全然不顾身后的倪娟，一副老江湖的模样。

倪娟让小女孩吃着食堂里取来的馒头、茶叶蛋，小女孩如在家一般。

"你叫啥？几岁啦？你爸叫啥？哪省的？"倪娟一一问着。小女孩只顾吃，不接嘴。倪娟急了，眼看自己就要下班，这从天而降的陌生小女孩让她左右不是。

值班长用对讲机跟她说："你先带回家，问清情况，我们再想法联系她的家人。"

倪娟只能服从，开车带小女孩回家。一路上，倪娟试图从小女孩嘴里了解一些有用的信息，然小女孩只是好奇地东看看西摸摸，全然不搭理倪娟的问话。

回到家，女儿一脸惊讶。然毕竟是五年级的学生，女儿听了妈妈悄悄跟她说的话，还是接纳了这个小小的不速之客，帮助妈妈给小女孩洗澡、找换洗衣裤，把小女孩打扮得漂漂亮亮。

这天，正好是周末，妈妈在房间补觉，女儿答应妈妈带新朋友玩。小女孩比女儿整整矮一个头，女儿俨然成了大姐姐。

睡梦中，传来熟悉的钢琴声，这是倪娟女儿每日的功课。从小的培养，女儿已经拿到了十级证书。奇怪的是今天的钢琴声中，夹杂着随意的哼唱，声音很好听。倪娟起身，轻轻靠近客厅。女儿在练琴，小女孩一边玩洋娃娃一边哼唱。倪娟醉了，不由自主地取了手机，录了一段又一段视频。

倪娟见小女孩跟女儿玩得挺好，便让女儿有意无意中问她一些问题。然小女孩对这很漠然，女儿花了好些心思还是不知道小女孩到底是谁。倪娟甚至在想，小女孩会不会是弱智。

晚上，女儿去钢琴老师家上课，倪娟带了小女孩一起去。倪娟想对小女孩的了解有所突破，便跟老师说，小女孩唱歌很好听。老师便问小女孩会唱啥。老师一一用钢琴试着，小女孩突然很随意地跟了上来，"酒干倘卖无，酒干倘卖无"。那清亮圆润的童音，一下子把倪娟惊呆了。幸亏，倪娟的手机一直在录像。

钢琴老师却不动声色，探问倪娟："你是让她俩参加这次的'最美童声'大赛？"倪娟反问："行不？"老师点点头："行，就唱《酒干倘卖无》。"

老师问："这小女孩叫啥？"

倪娟摇摇头："我不知道，真的不知道，她就像小天使一样突然出现在我们的生活里。"

老师问："你几岁？"

小女孩出乎意料地答："八岁。"

老师说："那就叫'运河幺二零八'组合。"

接下来的日程，倪娟排得满满的，上班、找人、陪参赛。上班时，倪娟专门把自己的微信二维码、手机号和寻人启事印在传单上，随船发放。下班后，倪娟反反复复想出各种法子，诱导小女孩说出自己的来历，然一直没有满意的结果。休息时，倪娟一次次陪俩人去钢琴老师处排练。欣喜的是初赛一举成功,"运河幺二零八"组合成功晋级十强。

倪娟把所有的手机视频,发到微信朋友圈。随着转发传播,主动来加的微信号越来越多,每日成倍递增。尤其那"运河幺二零八"组合的《酒干倘卖无》初赛视频,成了超热门。微信评论、电话、手机短信、微信视频通话,如潮水般涌来,让倪娟应接不暇。值班长专门给倪娟调整了工作时间,让她集中精力争取尽早与小女孩的家长取得联系。

遇见小女孩的第五天,倪娟在如潮的电话里,接到了一个陌生的电话。对方局促、结巴的哭声,让倪娟的心一下子揪了起来。

倪娟很镇定,说:"我是发微信的倪娟,请说。"

对方哭诉,断断续续地说:"孩子是我们的,姓邢,也叫小娟。八岁了。她唱《酒干倘卖无》,是跟船上的卡拉OK学的。我们现在在武汉。我们夫妻俩带着孩子跟船老板打工。丢了孩子,我老婆快要疯了。谢谢恩人,谢谢恩人!"

又五天,小女孩爹娘跟着打工的大船回来了。小女孩爹娘从倪娟身边搂过孩子,泣不成声。然出乎所有人意料,小女孩哭着闹着不愿意跟爹娘走,竟跑过来紧紧抱住倪娟的腿。

倪娟看着心疼,说:"孩子都八岁了,你们就不想让她好好读读书?孩子这么好的嗓音天赋,真的太可惜了。"

小女孩的爹一脸无奈,言语间躲闪着,说:"一个小丫头,放老家也实在让人放心不下呀。"

倪娟觉得小女孩抱自己的腿抱得更紧了，突然一种莫名的冲动让她眼睛湿了。倪娟想了想，说："这样吧，你们让孩子再在我这里玩几天，等你们这趟船回来时，再跟你们回去，行不？"

小女孩的爹娘无奈地点点头，迟疑着上船去了。

小女孩再度随下班的倪娟回家。一路上，小女孩反反复复唱着《世上只有妈妈好》，那优美的歌声，让倪娟一次又一次陶醉。

执行公务

零时，宋诵不紧不慢地敲着鱼尾狮别墅小区内李渊家的大门，并不重的敲门声却在偌大而宁静的小区里似乎被莫名地放大，声声如鼓，惊人心魄。

李渊小心地把沉重的大门虚开一半，门后传出巨犬令人生畏的狂吠。昏黄的灯影里，宋诵和宋诵身后两个陌生的男子，使李渊的神情稍稍有些异样，然瞬间又恢复了平时公开场合中所惯有的热情、随和中略带威严的神态："唷，宋诵呀，难得，家里请，请。"

宋诵和两名男子进了院子。院子并不奢华，反倒像农村院落一样种了一些瓜果、蔬菜和花草，显得温馨又随和。

李渊把宋诵他们让进客厅，宋诵在沙发上落座。宽大的真皮沙发有点霸气，宋诵落座时，略显僵直。而两个男人却远远地站着，面无表情。

李渊沏茶，歉意道："家里人都出远门了，就喝点茶吧。"宋诵知道，李渊所说的远门其实真的很远，他们家几乎所有的人都办了别国的绿卡。

宋诵有点惶恐地接过李渊端过来的茶盅，说："老师，您坐，我自己来。"宋诵，是李渊以前的学生。十几年前，宋诵读高中时，李渊是宋诵的班主任，一直从高一带到他高中毕业。宋诵政法大学的高考第一志愿，还是李渊帮助填的。宋诵大学毕业后考政法研究生，也是在李渊的极力鼓励下报考的。宋诵现在是市纪委审理室主任，负责全市领导干部违法乱纪行为的初步审理。其实，李渊自从带了宋诵那批学生在一场高考中名声大震以后，好运连连，从副教导主任、教导主任、副校长、校长、副局长，到局长，一步步走上辉煌的仕途。宋诵也清楚，前一段时间，上级组织部门曾对李渊进行了一次分管副市长人选的考查，所有的资料他都仔细参阅过。问题是，李渊是个"裸官"。

宋诵呷了口茶，似乎缓了一下突然而至的尴尬气氛。

李渊发了一圈烟，让了让，自己点燃，吸了一口，也似乎从内心的不安中渐渐恢复过来。

"老师，"宋诵说，"有一件事，十几年了，我一直瞒着您。我刚进您班的时候，其实，我犯了一次很大的错。那年，我妈跟我爹闹离婚，我妈跟着人家绝情地走了。每个月，我妈只给我很少的一些生活费。后来，我爹赌博挪用公款最终败露，被判了刑。疼爱我的爷爷气得生病死了。那年暑期后开学,我没有钱交学费,开学一个星期了,我还没有交上学费。但是我非常喜欢读书,我不愿意放弃好不容易考上的学籍。走投无路之际,我突然想起爷爷生前藏有一些钱,爷爷死后,都被大伯大婶卷走了。我想,爷爷的钱,我理该有份儿。我偷配了堂哥的钥匙,在大伯家没人的时候,小心闯入,把爷爷的钱偷了出来带到了学校。然当我犹豫着要不要把这钱交学费的时候,您突然把我叫到办公室,告诉我,我家庭的特殊情况,老师知道了,现在通过老师做工作,有社会上热心助学的人,帮我交了学费,您告诉我以后只要安心读好书就是了。后来,我暗地里打听才知道,是您自己给我交了学费,一交就交了整整三年。也就是那回,我险些败露。我大伯家丢了不小的一笔钱,他们发现后报了警。警察上门破案,把所有可疑的地方都查遍了,险些把我牵出来。我吓得半死,最后情急之中,想了一个办法,让大伯家的狗把钱叼回家。大伯发现了钱,点了点,发现没少,就跟警察说不想再追究了。而大婶似乎比谁都明白,缠着警察不依不饶,非要把这丑事闹个底朝天。"

李渊又点了一支烟,平静地说:"这事,我知道。其实,我也一直瞒着你,你大伯来找过我好多次。"

宋诵说:"老师,您是我的恩师,从我做了您的学生以后,您对我,胜过我父亲。我一直记得高二那年我到南京去领奖,人家都是家长陪的,只有我是您陪的。那夜正是中秋,您为我精心挑了六个月饼。我偷偷地在被窝里就着眼泪吃月饼。那是我一辈子都不会忘的最好吃的美食。"

说着，宋诵站起来，站在李渊的跟前，恭恭敬敬地鞠了一躬，说："谢谢您，我的恩师。因为有您，我才有今天。"说着，宋诵流泪了。

李渊站起来，喃喃着："惭愧，非常惭愧，老师无颜面对学生呀。"

宋诵知道，自己已经不需要再说什么了。执行眼前的任务，对他来说既是一项神圣的使命，又是一场内心的煎熬。宋诵曾向组织申请回避，然市纪委班子对宋诵在李渊经济案前期调查时所表现出的公正无私态度，给了高度的评价，否定了他的申请。

沉默半晌，李渊说："宋诵，我不为难你，跟你走。"

宋诵擦一下泪，示意手下带走李渊。

嫂子要生了

温哥，是个画画的大胡子，早在二十多年前就常来周庄写生画画，跟收鸡毛、鸭毛、肉骨头的小贩住一个屋。后来每回来周庄，都是邋里邋遢的，若不说他是画画的，别人还以为他是卖耗子药的。

两年前，温哥来周庄后就不走了，他在老镇西头买了个破落的老宅，自己粗粗地整了一下，就住了下来。过了半年，老宅来了个女的，看上去比温哥小两三岁，端端庄庄有模有样的。女的来了就和温哥一起过起了日子，把老宅收拾得干干净净，种些普通的花草和蔬菜，日子过得也挺悠闲。又半年，温哥女人的肚子鼓了起来，镇上人也不知怎么称呼那女的，后来有人称她温嫂，也就好多熟悉不熟悉的人都称她温嫂。

温哥在周庄有好多朋友。温哥每天在镇上写生画画时，总有三三两两的朋友，零零落落地坐在温哥的身边抽烟、喝酒、聊天。温哥画画似乎并不上心思，一边漫不经心地涂涂画画，一边跟身边叫得上名的或叫不上名的朋友们聊天、喝酒、抽烟。温哥抽的烟是上海产的大前门，喝的酒是本地产的太湖啤酒，烟和酒，随手丢在一边，谁一伸手就可以取到。镇上的朋友谁都像取自己的烟酒一样，取来享用。有时，也有朋友掏红中华、黄熊猫给他抽。温哥也不客气，点了照抽。温嫂有时也挺着个大肚子出来镇上逛逛，看见温哥也在温哥身边坐坐，温哥的朋友们也一个个跟温嫂打招呼，有的说："温哥，啥时嫂子要生了，麻烦吩咐一声。"有的却说："嫂子生孩子，跟你们一个个大老爷子有啥关联？"

说是这样说，然下回大家又都这样说。说的人，似乎也只是挂在嘴上讨个嘴上热闹，听的人似乎也全没往心里放。

温嫂的肚子一天天大起来，嫂子生养的事，似乎成了温哥朋友们每日的话题。

终于到了一天深夜，温嫂肚子痛了起来，痛得挺厉害。毕竟温嫂年龄已经不小了，再加上是头胎，突然间提前到来的疼痛，让温哥一时间手足无措。镇医院在老镇的东北角，老镇上高高低低的石桥和窄窄的石板街，即使叫了救护车也进不来。那晚，恰巧又是江南十几年难得的风雪夜，雪又特别大。温哥扶着温嫂一脚高一脚低地沿着老街朝医院方向艰难地走去。然才走了一小段路，温嫂就支持不住了，捂着肚皮蜷在墙角里直叫唤。

温哥胡乱地拨通了一个电话,也没问是谁,说:"你嫂子要生了,瘫在半道了,请过来帮帮我们。"

一会儿,黑夜中有人唤温哥。温哥循声看去,有人在小河里的手摇木船上唤他。一人摇船,一人在船头撑篙照电筒。

温哥与来人接上话,三个大男人,手忙脚乱把个大肚子女人连拖带拽扶上木船。船上几床新被子,垫的垫、盖的盖,把温嫂捂得严严实实。上了船,在老镇的河道里摇起来,就不是那么艰难了。这船本来白天是摇着客人观光的,坐满了得七八人,弯弯曲曲的河道都是熟的。而夜里只四人,吃水浅,又没其他船碍事,只一会儿工夫,小木船就摇到了北栅桥,靠了岸。

才靠岸,岸上路边又有人在唤:"是温哥吗?"温哥接上话。岸边又有几人从半暗半明处过来,满头雪花,温哥也不知道谁是谁。五六个人十来只大手,随即把叫喊呻吟着的温嫂连被褥一起抬上路边停的黄鱼车。一人拼命地在前面踩,几人围着推着黄鱼车,踩着咯吱作响的积雪,歪歪扭扭地朝医院里赶。

送进产房,温哥人一下子软了,瘫坐在冰冷的长椅上,一言不发。五六个朋友每个过来拍拍温哥的肩,安慰他:"温哥,没事的,有我们呢!"温哥没吱声,呆呆的,一直到后半夜产房里传出话来,说母子平安,温哥才缓过神来,抱住陪了半夜的哥们儿,连说"谢谢"。

后来,产房里的医生出来说话,说产妇年龄大了胎位又不准,不是送得及时,恐怕要出大事。

第二年,小儿子满周岁,温哥要请镇上的朋友们喝杯喜酒。温哥和温嫂排名字时,温哥却一个也叫不上朋友的大名。温嫂问:"你这些都是啥子朋友呀?"温哥说:"倪二是摇游览木船的,三毛是开弹棉花店的,小三子是杀猪的……多亏小三子拉猪肉的黄鱼车,要不这黑灯瞎火的下雪天,你叫我上哪去叫出租车呀?"

温嫂笑了:"那我得好好地敬他们一杯。"

酒宴上,温哥给每个朋友送了一本新出的画册,告诉大家,他画的《嫂子要生了》,入了全国美展。翻开画册,大幅油画《嫂子要生了》编在首页,风雪中,周庄的北栅桥、小木船、黄鱼车隐约可见,然五六个大男人的脸部却很模糊,只有雪漫天飘舞着。

温哥的朋友们一边喝着酒,一边喜滋滋地指着油画中的某一个人影说:"这是我,这是……"

那晚,温哥和他的周庄朋友们都醉了。

一手好字画

李斯的爷爷，早年曾拜黄宾虹为师，画得一手好画，终生以画山水小品为生，日子过得挺滋润。李斯的父亲，从小习米芾《蜀素帖》，功底了得，写得一手好字，就是有点孤高，平时不大愿意为人写字。李斯是从小看着爷爷画画、父亲写字长大的，耳濡目染，偶尔出手画些画、写些字，自然也是那么有模有样、有板有眼的。干枯疏淡与黑密厚重之间，常常规整中带有稍稍的漫不经心与随意奔放，随手拈来。

其实，李斯并不喜欢画画、写字。考大学时，他爷爷让他学画，他父亲让他学字。结果，他自作主张学了建筑，毕业后，整天泡在工地上，与数字、材料、灰土打交道。

建筑工地，其实也常常与字画挨边。现在造高楼，常在闹市区，为提升档次，常在开工前用高墙先把工地围起来。

其实是遮羞。高墙刷白了，有实力的建筑公司总是邀请一些能画善写的高手，在白墙上画一些应景的画，写一些暖心的字。

有一回，公司在鹿城造群众文化活动中心，工程前期准备都做得差不多了，就是雾天高速公路堵车，请的画匠迟迟不见人来，常驻工地的刘副总急了。这边，公司何总催得紧，说这几天市里就要安排开工仪式了。这天，李斯正好手上事不怎么忙，就跟刘副总说："实在急的话，那我来瞎画画。"刘副总说："瞎画就瞎画，只要画点意思出来就行。"李斯不紧不慢地去了趟文具店，置了些笔墨颜料，还让人开了辆铲车。那铲车随他的手势上下左右移动着，花了半天的工夫，一幅江南水乡泼墨写意长卷就占满了那垛高大的白墙，题了词，画上章，远远看，真的可以叫绝。何总过来见了，眉飞色舞，一连声说"好"。李斯似乎一下子成了何总青睐的红人。

换了工地，砌了高墙，刘副总又找李斯，说："李工，这回还是请你辛苦一下，你的字画，真的绝了。"

李斯是喜欢听软话的人，虽说手上的活很多，赶紧忙完了，顾不上坐下来吃口热饭，拿只干馒头啃着，就着昏暗的路灯，在那墙前赶画。画完了回家，挺晚。

又换了工地，又砌了高墙。墙一直白着，刘副总叫人找李斯，传话的人说："李工，刘副总让你下班后把画画了。"李斯没有耽搁，忙完手上的事，立马画画。画完回家，已过了半夜。

这期间，夏天来了又去，冬天去了又来。夏天和冬天里，在马路边画画，其实是很累人的事。然李斯乐意。老总眉飞色舞一连声说"好"的样子，是他画画的动力。

又换了工地，估计是又砌了高墙。那几天，李斯一直在公司忙自己手头的工作。正忙着，何总打来电话。李斯一听是何总的声音，恭恭敬敬地说："何总，您说。"电话里的何总声音很冷："小李，那墙上的画，是你画还是我画？"李斯一听，有点蒙了。李斯说："何总，这回，没有人让我画呀。"何总似乎耐着性子在说："这回，我何光辉亲自请你画，总请得动吧？"

李斯听得出，有人去何总那里说过什么了。这回，李斯没画，他的心一下子跌入冰窟。没有画画的李斯，出入公司、工地，似乎总是遇见异样的眼神。他清楚，他再也不是何总青睐的红人了。

一个月后，他只能辞职。

李斯捡了一条腐败狗

李斯去牌友刘渊家打牌回来时在那边的小区里捡了一条狗,一条似乎有着很纯血统的棕色沙皮狗。李斯是开着新买的雪佛兰去的,那车正散发着高贵的皮革味道。那狗是在李斯开车门之际,趁李斯毫无防备的时候,从花丛中很敏捷地蹿出来钻进李斯爱车的,怡然自得地趴在副驾驶座上,一副死皮赖脸的模样。李斯先是吃了一惊,继而试图赶那狗下车,可那狗贪婪地嗅着车厢里浓重的皮革味道,愣是不肯下车,那眼神充满着哀怜与乞求,那小小的尾巴使劲摇着,一副谄媚的样子。

刘渊接了李斯的电话赶紧下楼来,说那是条人家的弃狗,已经在小区里转悠一两天了。这一两天里,只要一见新车,就拼命往里钻,若是没车的人逮它,它就发了狂乱叫乱蹿。几个驾摩托、骑单车的牌友，在一旁掇弄着李斯说："这狗一定是富贵人家的狗，像我们这些没有轿车的主儿，它还看不上呢！李斯你就带它回去吧，你好歹也是有车有房奔小康的人，没有一条贵气一点的宠物狗，还真缺点啥呢！"

刘渊也在一边怂恿，李斯想想也是，家里妻子女儿早就嚷嚷着要养条有点品位的狗，这沙皮狗，虽然是条弃狗，看上去还是挺体面的，另外这狗似乎跟李斯也挺投缘的，赖在车上你要赶走它，还不是桩容易的事。于是，李斯看着这么条本应该有人宠、有人怜的狗就这么流浪着也实在心生怜悯，心一软，也就把这人家的弃狗带回了家。

女儿自然喜欢，还专门为它起了个挺洋气的名字，叫拉克。

可拉克进了家，李斯的妻子便发现这狗其实很特别，骨子里有一种特别的贵气。洗澡，它拼命挣着不愿洗盆浴，犟着偏要洗上淋浴才舒坦，况且近不得低档的洗涤品。喷点普通的香水还老打喷嚏，一换上名贵的香水，它就跟你耍嗲。拉屎呢，它自个儿会像模像样地蹲在抽水马桶上，如是洗手间关着，它宁可憋着满屋子转。睡觉呢，不是软和的床毯或沙发巾，它根本不睡。那吃呢，更是让李斯他们左也不是右也不是，小店里买了便宜的香肠它嗅也不嗅；那牛奶，它也是尽挑口味可口的喝；最气人的是，自来水，它是滴水不沾的，就是纯净水，它还挑着喝呢。那贵气、那娇气、那挑剔，李斯自叹就是他们一家人加起来也没有它这般。它最大的本领就是察言观色，整天变着法子讨主人们的喜欢，以至于更宠它、更怜它。

于是，李斯打电话给牌友刘渊："知道不，这狗是谁家弃的？咋这般贵气，简直是腐败。"刘渊电话里说："这么好的狗自然贵气，你好生养着就是了。"

李斯说："我总感到这狗太腐败了，养着纯粹是个累赘。"后经李斯再三要求，刘渊终于答应帮着打听打听。过了几天，刘渊那里还真有了回话，说："你知道，市里的那个权力挺大的头头和他太太一起被人告发了，这狗原本是他太太的宠物，平时家里雇的人有一半时间就在伺候着这宝贝，这么由着性子宠着，不腐败才怪呢！"

一听说是那个权力挺大的头头家抛弃的狗，李斯心里挺不是滋味的，想当年他和妻子想从北方工作的城市迁回老家来，因为这权力挺大的头头，不知托了多少人，求了多少情，送了多少礼，好不容易才把这天大的事给办成了，但李斯因此却觉得心里累得慌，而眼下却收留着那贪婪人家的宠物，心里更不是滋味。

于是，李斯跟妻子女儿商议说，把那狗远远地送人吧。为了不再能看到它，李斯开着车，带着它到了郊外一处朋友的鱼塘，骗下拉克。鱼塘上原本有几条草狗，突然见到这条陌生而贵气的狗便狂吠不止，正当拉克不知所措的时候，李斯蓦然上车启动，当拉克发觉自己再次被人遗弃时，便发了疯似的跟着李斯的车，凄叫着拼命追赶。

看着拉克孤立无助的可怜模样，李斯几次心软，想停下车来，但一想起那贪得无厌的人，心一横，油门一加，便驾车飞驶而去，那再次被遗弃的拉克，便在后视镜中渐渐缩小，渐渐消失。

李斯很快跟鱼塘的朋友打电话，央他把拉克唤回鱼塘，好生照料它。朋友告诉他，那狗还在路边发呆，凄凄地叫唤着，那模样确实挺可怜的，但狗毕竟是狗，没人宠它照样能活着。

半年过后，李斯有事经过朋友的鱼塘，想起那被遗弃的拉克，便有意去看看它。

李斯在鱼塘边的草棚附近，见到了那条曾经被唤作拉克的沙皮狗。半年多来最大的改变，便是不知是哪条草狗，玷污了拉克高贵的血统，而拉克竟然还为它生下了一群怪模怪样的杂种狗。做了母亲的拉克，神圣而又警觉，它那鼓胀的奶头正任由着小崽们吸吮，而为了护卫那些小崽子，拉克完全是一副不容侵犯的样子。

李斯见了，不由得生出一份同情来，叫了声"拉克"，可对于曾经献过媚的他，拉克现在竟是一副漠视的样子。李斯这才知道，那狗早已淡忘了他，早已淡忘了以前贵气的生活习性，看上去它早已不需要名贵的洗涤用品、香肠、牛奶和纯净水，更不需要抽水马桶和柔软的被褥，它已经回到它的同类当中，它已不需向任何人献媚、乞求收留。而当李斯试图接近它，试图对它有所亲近，试图唤起它曾经有过的殷勤时，拉克竟然冲他大声吠叫，护着胯下的小崽子们，并且越吠越凶，一副神圣不可侵犯的架势。直到李斯退到远得再也不可能对它们构成威胁的时候，拉克才转为平静。

　　李斯突然觉得，拉克已经生活在属于自己的尊严当中，早已不再需要奢侈、不再需要贵气、不再需要娇气，甚至不需要因此而低三下四、死皮赖脸、竭尽谄媚之能事，真正活出了狗的骨气。

犟哑巴

阿佟姓佟，陈墩镇上的人都叫他犟哑巴。

犟哑巴阿佟脾性犟，谁都知道。很小的时候，有回跟他爸进城跑亲戚，他爸背着新米上楼，自然让他一个人在后面慢慢地往上爬，人小腿短，楼又高，自然爬得很艰难，有同楼好心人把他抱上五楼，一转眼，只见他又下了楼，偏犟着要自个儿爬上来不可。

阿佟原本是会说话的。十四岁那年，邻里有个大女孩丢了原本晒着的说是从大城市专业商店里买回来的心爱的美丽的文胸，偏说是阿佟使的坏，因为她亲见唯有阿佟在晒场上转悠。这是很丢面子的事，阿佟自然不承认，阿佟爸说："为啥镇上这么多人，人家不赖别人，偏赖你，总归有你的不是在里面。"阿佟便犟，愈犟，大女孩愈是咬定是他，阿佟爸也就狠揍了阿佟，愈揍，阿佟愈死活不承认，直揍得阿佟皮开肉绽，自此一病数日，病愈，阿佟便再也不开口说话，双眼直直的，见谁都是仇人似的，谁也不敢惹他。哑口的阿佟，再也没有进过校门，家访的老师来了一次又一次，等于白搭。不读书的阿佟，从不跟人玩，不管白天黑夜。总是吃了睡，睡了吃，为此，阿佟妈哭了一场又一场。

　　到了二十来岁上，阿佟便出落成人高马大的小伙子，阿佟爸妈也开始为阿佟找人说媒，可人家一听是聋哑巴阿佟，头摇得像拨浪鼓。听人劝说，阿佟爸妈带阿佟到大城市里的大医院看专家门诊，专家说的啥，阿佟爸妈其实也不大懂，只是专家说最好趁早让阿佟闯闯社会，兴许有好处，阿佟爸妈觉得也可以试试。

　　想来想去，阿佟爸决计让阿佟离开自己随镇上的建筑队去城里闯闯，兴许会好些。

　　阿佟这才随着建筑队到了苏城，在开发区造大楼。在工地上，阿佟也只知道闷声不响吃饭，吃了饭睡觉，觉醒了花死力做活。工地上谁都知道他脾性犟，再加上怕他那直直的带着仇视的眼光，谁也不去招他惹他，自然也相处平安。就这么一晃两年过去。

　　可是，有这么一天，建筑队放假，工友们都出去逛街，阿佟也随着去了，不料路上走散了，阿佟懵懂中上了一辆不知去往哪里的公交车，车很挤，上车后待发觉同伴不见了，阿佟想下车为时已晚。车行片刻，正逢到站，有人惊叫："丢钱包了！"车厢内大乱，有人嚷着要下车，失主自然不允，混乱中，有人力主直开派出所，可就在此时，有人发现了钱包，而那钱包分明在阿佟的脚跟处，于是四周的眼光刀似的射向阿佟，阿佟两眼直直的，带着仇视回击着众人。突然有人喊了声："是他，打贼啊！"于是便有人扑上去，一边揍他，一边说："看这人眼神就知道他是个扒手。"

绝望之际，阿佟只觉有个漂亮的大女孩拼命地拨开人群，声嘶力竭地喊着"别打了，他不是贼，别打了，他不是贼"，拳脚这才少了。

大女孩说："我是晚报记者，我可以以人格为他做证！"阿佟见大女孩手里扬着什么，只是血糊着眼，让他看不大清楚。众人歇手，有人说："记者还是可以相信的。"

车停了。阿佟跟大女孩下了车。大女孩掏出面纸，让阿佟擦血。

阿佟没擦，只是向大女孩深深地鞠了一个躬，像孩子学话似的说了一声："谢谢！"

第二日，阿佟回到了家里，叫了声"爸妈"，这一叫不打紧，却着着实实吓了他爸妈一大跳。他妈一下子搂着他直哭："孩子啊，我知道你一定肯说话的！"自此，阿佟再也不是犟哑巴了，可镇上人谁也不知道阿佟是怎么又会说话的。

丁家好婆

丁家好婆嗜好养猫。她爱猫,在陈墩镇上是出了名的。八十挂零的年纪了,还整天颠颠地为猫忙乎:买鱼啦、煮食啦……丁家好婆又很能调养猫,纵然遭人丢弃的野猫,到了她手上,也会被她调养得皮清毛爽、伶俐可爱。猫养多了,自然上门讨小猫的人也多。然每一只小猫都似她心肝宝贝,从不肯轻易送人。

这日,丁家好婆家来了个外地来做生意的什么经理,因是儿子朋友的朋友,曾来过。这回,说是回家前想买只小白猫带回去,而那小白猫正好在当院的一只小瓦盆里有滋有味地吃着鱼饭。没想到丁家好婆却说啥也不允:"你车上带出带进的,那小猫可受不了这洋罪。"那经理说:"丁家好婆,我跑了大半个中国,还头回见着这么讨人喜欢的小猫……我愿出你老人家十块钱,你我都不亏……"丁家好婆一听动了气来:"我养了一世猫,还从没要过人家半个铜板,你不要来作践我……"那经理愧得无地自容,而他还是动情地说:"不瞒好婆你说,我要猫其实是为了家里的老娘,她跟你一般年岁,也特别爱猫。我们子女整天都在外忙,她身边有这么只小猫,也可伴伴她,她一人在家太闲了……"说着,经理几近哽咽。丁家好婆心肠最软,尤其受不得一个大男人为自己的老娘下泪,竟允了。

那经理轻轻搂着那小白猫千恩万谢,而那小白猫却不服新主人,经理方转身,竟声嘶力竭叫个不停。丁家好婆心痛得可以,"小乖乖……小乖乖……"地呼着。那经理只得央求丁家好婆:"好婆,求你了,能不能把地上的猫食盆也给我吧?"丁家好婆很是爽气地递上猫食盆,反复叮咛:"你要好好待它噢……"那经理接过猫食盆,逃似的退出,那小白猫竟没再叫。

没想到,当天傍晚,隔壁老武家小三子去网鱼,网到一只蛇皮袋,里面竟是丁家好婆的那只叫小乖乖的小白猫。丁家好婆吃吓不小,突然一病不起。不料过几天,镇上又有人传说有个生意人在陈墩镇上觅到一只猫食盆,转手卖了好几万。懂行的人说这还是什么良渚老古董,有好些人探知是丁家好婆的宝物,便都来探问。病中的丁家好婆经不起这般折腾,竟撒手而去,咽气前只留下一句"猫好好养着,千万不要送人"。

乡 音

那年,银泾村的阿秀,在陈墩镇上读完初中后,靠在城里做科长的姨夫的帮助,进了国营棉纺一厂做了农民长期临时工。阿秀,名字秀,人也长得秀,瓜子脸蛋,眼大大的,嘴小小的,稍一打扮,比那明星还明星,可一开口就露了馅:她把"这里"说成了"该爿",把"那里"说成了"给爿",把"糖"说成了"同",跟她一起上班的女工,都是爱笑的,一听她说"该爿"就止不住笑,后来不知是谁,干脆不叫她阿秀叫"该爿"。有一次,厂长听人唤她"该爿"她应着,很奇怪,问身边的人:"好像厂里的工人名册上,没这人么。"众人听了都大笑起来,有的女工止不住笑,还直唤妈。因此,在厂里阿秀是从不轻易开口的,一门心思学技术干活。阿秀手脚挺麻利,又吃得起苦,干起活来,常常一个顶两个,进厂没两年,车间主任就让她当了能管十来个人的工班长,手下的人常常不服气,跟她较劲,可技术上谁也较不过她,只能耍她的乡音,一时间,车间里到处是"该爿""给爿"的声音,可阿秀一点也不往心里去,该做的照做,该管的照管,只是仍然不轻易开口。

不料,阿秀的好景不长,厂里因销售不善,入不敷出,工资常一拖再拖,实在是难以维持,厂工会一班人,开始按厂长办公会的意见,做那些农民长期临时工离岗的思想工作,阿秀也在其中,可阿秀死也不答应,哭着跟工会主席辩理:"厂里好的时候,还不是靠伲'该'些农民工撑着,干的活最多,拿的钱最少,可伲哪一天说过一句怨言,为啥?还不是因为伲把厂当成了自己的家。"

正在这时,厂长派人来找阿秀,说是有一桩极其重要的外商接待任务让她去作陪,并派专人来指导阿秀化妆打扮,可阿秀就是不肯打扮,说是随她意她就去,不随她意,她就不去。厂长没法,只得随她的意,她去了,厂长的小轿车接去的。厂里人见了,就开始说风凉话:"'该爿'长着这么漂亮的脸蛋,干啥都赚钱,干吗非要赖在厂里呢,真是死脑筋。"

三天以后,厂里开全厂大会,大家都没搞懂,阿秀竟陪着个老华侨坐在了主席台上。会上,厂长让大家用最热烈的掌声欢迎老华侨童先生讲话。鬓发苍苍的童先生站进来,就着麦克风一开口,全场全笑了:老华侨竟是一口拗舌的乡音,把"我"说成"伲",把"这里"说成"该爿",把"吃糖一样甜"说成"吃同一样甜",坐在前边的人这才发现老华侨说着说着已是热泪盈眶。

后来,厂里人才知道,老华侨童先生跟阿秀是同乡,也是银泾村人,五十年前在海外白手起家,成就了一番事业,这次来,他确实非常有诚意地想与国棉一厂合作,半个月的实地考察、谈判,基本上都谈妥了一应事宜,只待签字前的最后一轮谈判,只是半途中回了一次牵缠了他半个世纪的家乡时,他却伤心了:故居依稀还在,可家里什么人也没有找到,原来跟厂里谈妥的投资事宜再也没心思谈了。厂方没法,只得礼节性地设宴送别,可就在那晚宴上,老华侨竟与身边的小同乡阿秀"该爿""给爿"谈得少有的投机,阿秀那说话的神态他越看越像记忆里的小阿姐,而阿秀励志上进的敬业精神,使童老隐约看到了当年的自己,再加上阿秀说起生产技术上的事竟一套一套的,满心欢喜,当场拍板,由他提供一应的资金、设备、技术、高级管理人员及百分之七十的外销业务,并让阿秀当他的全权代理。

谁也没有想到阿秀一顿晚饭救活了一个大厂,众人都挺感激她的,再也没有人称她"该爿"了。只是有人问起阿秀跟童老先生是不是亲眷时,阿秀说:"只是老乡。他家以前住村里的'该爿爿',伲家住村里的'给爿爿'。"众人都会意地笑了,自然都是善意的笑。

最后的航班

阿龙跑的是姑苏城至陈墩镇的航班，头天早上从姑苏城起航，一路上跑十来个码头，下午时分到陈墩镇，在陈墩镇过夜，第二天早上再从陈墩镇起航，下午时分到姑苏城，然后就在姑苏城过夜。阿龙家在姑苏城近郊，就这么每两个晚上能回一次家，其实回不回家他也无所谓。另一个晚上，就睡在航班上，航班靠在镇头的码头上，镇上有亲戚朋友的大多上岸去走走相约着喝点酒打打牌，有的干脆就睡在岸上待第二天再回船。阿龙在镇上举目无亲，无处可去，只能整日待在船上，他不会喝酒也不会打牌，只是一个人有滋有味地抽着飞马牌香烟，望着镇上阑珊灯火打发长长而无聊的时辰。

阿龙待的其实就是后来流行歌曲《涛声依旧》里唱的不知那一张旧船票能否登上的那种客船，客船是长长的一串，航过时一路上把拖船一只只放下，回来又一路带上。桐油把船舱壁抹得亮亮的，那桐油的味儿很厚重，厚重到让坐船的人感到一种古典的享受，而阿龙正是那客船上的卖票人。

　　卖票人阿龙，于是就在某种气质上区别于掌舵的老大、伺候机器的老鬼以及拴缆撑篙的水手，卖票人阿龙在船上雅气得像一个账房先生，阿龙写一手好字，满船"乘客须知""时刻表"都出自他的手笔，也挺雅气的。挺雅气的阿龙于是便成了漫漫航程中挺受注目的人物，自然有人巴结他，可阿龙是认死理的主，从不因为跟谁熟，在船票上让人占丁点便宜。可后来，阿龙换到拖船上拴缆撑篙了，知情的人说都是为了秀兰。秀兰是陈墩镇馄饨店女工，长得挺细相，挺耐看，可年纪轻轻的，男人却犯了大事判了无期徒刑关在西山劳改农场，男人常觉得自己很冤，在农场里老是惹事，故秀兰只能常常带女儿去探望他稳住他劝他不再犯事。秀兰不多的工钱，就这么几处开销，终于到了没法买回程船票的窘境，其实那天原本好好的，只是临上船，她才发现那藏得好好的一元钱，再也找不到了，她只能先花了三毛钱上得船再做打算，结果被阿龙查票查住了，只是阿龙没声响，待到她上厕所时，偷偷地塞给她一张全程票，可不料被船上其他船员撞见了报告了船队长，结果阿龙被扣了好几块钱的奖金，还换了岗，虽说这票是阿龙自己垫的钱，且结账时也是平的，然终究是说不清的事。换了岗的阿龙终日闷闷不乐，几个相好的船员说还是上岸去镇上走走解解闷，在他们的唆使下,从没喝过一滴酒的阿龙第一回喝酒,且喝得烂醉烂醉,烂醉的阿龙就趴在街边的窗下呕吐,呕得撕心裂肺。待到第二天醒来,阿龙发现自己在一个陌生的去处,秀兰正伴着自己,回船后才知道自己醉酒后的一切。

男人吃官司的秀兰,还是常常乘船来回于姑苏城与陈墩镇之间,可每回买票,新来的卖票人总是给她一张票对她说:"你的船钱已有人付了。"秀兰知是阿龙,常想找机会谢他,于是请他吃馄饨,秀兰包的馄饨特滑溜,皮薄馅多汤又鲜,阿龙好想吃,秀兰就在家里包给他吃。

因为吃馄饨,阿龙常常上岸,也有人见阿龙为秀兰干这干那的,知情的人都偷偷地说阿龙跟秀兰好上了,而阿龙每回上岸都是天一抹黑就赶回船上。有一回阿龙一晚没回,那几个特诡秘地追问他是不是真的好上了,阿龙忙解释说:"秀兰女儿病了,烧了一个晚上,我实在脱不了身啊!"这回开始,众人见阿龙竟戒了烟,而且很坚决,即使人家递给他再好的烟,他也不抽。

转眼十年过去,秀兰的女儿考取了姑苏城的护校,要住校。陈墩镇也通上了公路,阿龙他们客船的乘客越来越少,最后只能停航了。

那最后的航班上,稀稀拉拉只有几个拖着大包小筐的小贩,秀兰送女儿上学,也登上了这最后的航班,她女儿显然有点不乐意。停航后,阿龙得下岗了。在这最后的航班上,阿龙显得心事重重。

船靠码头,秀兰跟女儿说了声"你先上岸,妈有事晚一步",就候住了阿龙,说是"我知道你心事很重,不想和你说啥,只是想送你一件东西"。那是一本手抄的《第二次握手》,阿龙疑惑地打开,只见里面扉页上竟整整齐齐贴着一张张旧船票,票上的日期依稀可见,只是有好些票面已泛黄,斑斑点点的。阿龙捧着那些旧船票,手竟不住地颤抖起来。

秀兰轻轻地说:"这些是我这十年欠你的,以后乘车要比乘船快多了,我会用车票慢慢还你的。"

秀兰想告诉他,法院已经同意他们结束夫妻关系了,但她没说。

金丝鞋垫

　　两旦家原是陈墩镇上较为殷实且有脸面的人家，乡下有良田，镇上有大屋，两旦父亲又常年在外做生意。不想一九四几年那阵，田里收成不好，房子被日本人的飞机炸弹炸得稀里哗啦，外出做生意的两旦父亲又死于非命，且欠下一屁股说不清爽的冤头债。讨债鬼日夜缠着，两旦娘一气之下，怨结于胸，自此重病缠身，为了还债、活命，她变卖了所有的田产和细软，又为了两个儿子日后的生计，把手头的碎金暗地托人打制编织了两双一般大小、厚薄与轻重相同的纯金丝鞋垫。在一个风刀霜剑的寒冬之夜，已似风中残烛的两旦娘有气无力地把大旦叫到病榻前。

　　两旦娘把一双金丝鞋垫递给大旦，泪水汪汪地说："大旦，娘不行了，娘死后，你就自个儿出去闯天下吧！实在过不下去了，就把金丝鞋垫变卖掉，总还可以对付一阵子……"

大旦抹抹眼，宽慰母亲说："我跟爹出去做过生意，爹的朋友我也认识些，你放心吧，我会把日子过好的！"

两旦娘又说："往后日子过好了，不要忘了往你爹和娘的坟头上加点土……"

大旦嘤嘤地点了点头，攥着金丝鞋垫出来唤小旦。

两旦娘又把另一双金丝鞋垫递给小旦，想想昔时的小旦总是饭来张口衣来伸手，越发凄惨惨地道："小旦，跟爹娘的好日子没了。娘死后，你只能自个儿出去寻条活路了，你也不要指望你哥。这鞋垫是娘的心血，你好生带在身边，不管啥时，都不能丢了，往后不管到了啥地方，都不要忘了老祖宗。"

小旦默默地听着，攥着金丝鞋垫怔怔地望着骨瘦如柴的娘，点了点头，但他压根不知道那鞋垫竟会是纯金丝的。

当晚，两旦娘安详地合上了眼。在乡邻的帮助下，两旦草草地料理完了娘的后事，便各自外出谋生。

大旦去了上海，一边找工作，一边打听父亲昔日生意场上的朋友，然兵荒马乱的，工作找不到，父亲的朋友又一个个冷眼以待，所带的盘缠不多时就用尽。攥着金丝鞋垫，饿着肚子，大旦在当铺前转悠了好几天，最后实在挺不住了，咬咬牙把金丝鞋垫当了，靠它支撑了一段日子，终于在一个不大的杂货店里找到了一份打杂的差使，还是老板看在父亲的分儿上，给他碗饭吃。干了半年，工资没领到半分，杂货店倒闭他便失了业。

走投无路之际，他只得乞讨重回故里，好不容易挨到了土改，总算以贫农身份分到了土地和房屋，在陈墩镇重又落了户。

小旦先是去了唐山，身边仅有的盘缠早已所剩无几，他便打工养活自己，干码头搬运工、黄包车夫、厨工、清道夫……后来，又跟人去了南洋，先是做苦力，后来便在这只或那只海轮上当水手、做厨工，终年满世界地转悠，吃遍人世间万般苦难，一次次几乎是死里逃生，后来靠朋友的帮助，在新加坡落脚，做些小本生意，积了些小钱，因他有一手炒菜功夫，朋友开中国餐馆也拉他入了伙，渐渐地开始发展。在这含辛茹苦风风雨雨的几十年中，这凝聚母亲心血的金丝鞋垫，小旦白天穿在脚底下，晚上洗净擦干了揣在胸前，早磨得锃光发亮。小旦只知它奇妙，少有的耐穿，压根没想到它竟是纯金丝的。

五十年后，小旦重又回到了故里，这时，他已是当地华侨中颇为知名的餐饮业大业主。

在父母新修的坟前，满头银丝的小旦把那双锃亮的金丝鞋垫供在双烛之间，一遍遍地磕着响头。

"你知道吗，"早已苍老的大旦说，"那双鞋垫是纯金丝的！"

"纯金的？！我怎么会知道，这几十年，我只知它是娘的心血，万分地珍惜它……"小旦沉默片刻，不无感慨地说，"其实，要是我知道鞋垫是金的，这身老骨头可能早就化成不知哪处他乡的尘土了！"说罢，又给娘磕了三个响头。

搅　塘

鹿河悠悠流过银泾村,金鸡湖渺渺连着石人潭还套着个长白荡,水势浩荡白茫茫一片。银泾村紧挨着这么多水,渔事自然也多。而说渔事,就得说人。说人便会扯到满舱,他可是村上弄鱼能人中百里挑一的好手。满舱顶在行的是养塘。他的手有灵性,经他调养的塘鱼,特别会长膘,个儿大,鳞鲜亮,换句眼下的套话就是鱼的品位极高,产量当然不用提了。可这些年中,因为两个儿子都在外头念大学,没帮手,一直跟人合伙养鱼。虽说靠养塘供养两个儿子还盖起了楼房,积攒了不少钱,但总觉得亏了不少。他早就盘算独自承包下村南首围堰里的二十亩水塘。可投标那日,三亲六眷邻里朋友,一家家变了脸,有几家使着心眼抬价码跟他争,那阿坤更是寸步不让,凭儿子女婿一大帮的人势,大有置"养鱼大王"于死地再屁股上踩一脚的狠劲,满舱恨得咬牙切齿,心头发誓再与他称兄道弟是狗娘养的。几个回合较量,一亩水面一下子从上交二百元,骤升五百,二十亩凑了一个不小的整数。阿坤怯场,但阵脚还未破。满舱发狠劲了,把个精瘦的胸脯拍得贼响:"上交一万二,我拿楼房押上,交不出村里去扒房!"阿坤这才"拱手让贤"。满舱愈发懊悔,当众骂了他声"贼坯",从此兄弟情义绝,行若陌路人一般。

满舱不愧养鱼大王,养塘自有绝妙之处:分层间养,鲢、鳙、草鱼、蚬、螺、虾,一应俱全,占水不占地,并分多时起水上市。说说简单,可其间细微诀窍不少,他能识塘水气脉,能懂水间鱼的灵性,更有几手绝活。这不,才几个月,鱼儿就一股劲儿疯长。可他万万没料到老天爷不帮忙,入夏没多久,天奇热,闷得让人发慌,憋着喘不过气来。这么怪这么闷的天气,接连几天,塘里疯长的鱼首先遭殃,一片片放漂了。满舱听小学堂里先生讲中东打仗热岛现象环境污染……惊愕得心悬到喉咙头,六神无主,一遍遍咒骂阿坤。

夜里,满舱站在高堤上望天,没一丝一缕的云彩,星星贼亮贼亮,让人瞧着心寒,心颤颤地想中东打仗一定是爆炸了原子弹氢弹;满舱嫂蹲在高堤下望塘,只见一片一片的死鱼,鱼鳞贼亮贼亮让人瞧着肉痛,心颤颤地想鱼死光钞票赔脱楼房扒去再蹲茅草棚。

满舱抖巍巍挺挺胸,脱去汗湿的短衫,露出肋骨分明的胸脯，束了束宽大的裤衩。

"你要咋？"满舱嫂惊惑，问。

"老规矩！"

"搅塘？"满舱嫂声音颤颤。

"嗯！"

"一个人哪能行？"满舱嫂两眼盈泪。

照村上养塘的老规矩，只要是气闷鱼放漂，就得人下塘去搅。搅塘讲究的是声势，得人众声大。女人喉咙高一般会水不多，就在塘堤上喊；男人力气大，转着搅。特别是夜间塘大，女人在塘堤上更是大意不得，得喊，得让塘里的男人应，因这搅塘也不是一时一刻的事，何况软的水比硬的石头更伤筋动骨，闹不好塘没搅成鱼没搅喘过气来人倒先沉了塘。

"搅塘啰——"女人的声音尖厉辽远。

"搅塘啰——"男人的声音深沉凝重。

满舱人精瘦，入水如蛟，所到之处，搅得塘水哗哗一片，鱼儿挣扎游动。他记起年轻那回，他过世的爹当队长，他和阿坤要好得合穿一条裤子合抄一双鞋子，也是气闷，也是二十亩塘。队里的丫头们在堤上，嘻嘻哈哈，素的荤的乱喊；他和阿坤十几个小伙子，旋风一般，搅得水转鱼转。那才真正叫声势！可现今纵然他有三头六臂，也难有回天之力。他又咒骂起阿坤……

堤上脚步声纷纷，星光下，七八个男男女女：阿坤和他的那帮儿子媳妇女儿女婿们。

所有的无名火终于从满舱心底爆发:"贼你个坯!你算来瞧我好看!给我滚!"

"你个赤佬!"阿坤喉咙一般响,"有种搅完塘,让全村人评评理,承包上总有个竞争。你今日摆句话,要不要帮你搅塘?你说一声不要,我们转身就走,臭屁不放一个!"

满舱蔫了,冷冷地道:"贼坯,不要得意,我加倍算还你人工钱!"

阿坤讪笑道:"赤佬,算你三倍也不罪过,只不过这次就算抵你承包吃亏的那一点!少骂骂人吧。"说着,手一扬,"搅!"

于是,众人汇成一条巨大的水龙,塘水转动起来。

"搅塘啰——"满舱嫂跟阿坤的女儿媳妇一合伙,那喊的声势就来了,惊得塘中鱼儿乱蹿。

"搅塘啰——"男人们应。

渐渐地,鱼儿恢复了原有的灵性,鱼塘重现生机。

至于满舱和阿坤,用众人捞起的不中用的放漂鱼,被撺掇着喝完两斤低度"醉蟹",双双一醉之后,前怨也就了了。

满舱仍是养鱼大王,远近闻名。

捉鱼大王

一方水土养一方能人,银泾村人靠水吃水,捉鱼捕虾摸蚌拦蟹钓甲鱼夹黄鳝诸般武艺个个在行人人身手不凡。村头石桥堍阿成,四十出头却已有三十年捉鱼的经历,人称"捉鱼大王"。强兵头里无弱将,阿成称雄银泾村全凭真价实货,他小晨光未曾戒奶先学会水里钻"扑通",这几年里江河湖塘中跌打滚爬,更练就一身好水性,即便徒手凫水,他也能从水底摸上尾青草鱼。他善制作各种渔具,供不同的鱼汛择用。扳网,十尺见方,上系扳绳扳杆扳放自如,此网专捕客水鱼,支一竹凳于门前小石桥堍大树下,视鱼情扳放,而守鱼之闲暇阿成则端坐竹凳吸旱烟喝土茶优哉游哉。鱼笼,竹篾编制,状如腰鼓,大小各异,笼口编有栅口供鱼进拦鱼出,笼底则为鱼篓,此一年用一回,每至黄梅插秧时节,置在田间放水入河渠口,专捕逆水而上产卵的肥鲫，人手自可腾出忙田里插秧诸事，阿成用鱼笼则农事渔事两不误。鱼筒，筒状，系一根柴绳，竹、瓦两种，牛栏猪棚上卸下的废旧粗毛竹段或是老屋上拆下废弃的小瓦片均可取来作筒，捆捆扎扎，底端托只破蒲鞋，每年菜花放黄，发情、产卵的塘里鱼（又叫菜花鱼），视此筒为最佳去处，只需天明收起，亦不误什么工夫，倒能尝个时鲜。钓钩，阿成有多种。连环使用的铁钩放猪肝作饵撒驳岸边专诱甲鱼上钩；竹篾削制的绷钩，麦粒作饵，播深水上层专钓白条鱼，阿成则划一叶扁舟，播钩收鱼往来穿梭自如。每年秋上蟹汛，阿成则在屋前小石桥边撒扳网置蟹簖悬空在水上搭一小棚昼夜守簖捉蟹，人都说阿成通蟹灵性，捉的蟹自然比别的簖上要多，到了这时，收蟹的贩子一个个视阿成灵官菩萨，敬烟奉顺缠得阿成生厌。至于罟网和鱼叉，那是阿成的常备家伙。罟网，两支细竹竿张网，捕鱼时背个鱼篓沿河堤隔一段撒一网，挺灵便，有时驾小舟于河中随意撒去也可，阿成用罟网绝妙之处能视水脉气泡判断水中鱼情，撒网轻柔如漂动羽纱，收网起水干脆利索，而阿成使鱼叉，更是翻飞自如，呼呼生风，入水后咬土三寸，纹丝不动。如遇奇大的鱼，阿成便叉人同时入水，从未失过手。凭这身本事，阿成在村里头头一砌起了三层楼房，楼内电视机、冰箱、洗衣机一应俱全。

阿成有个叫阿龙的胞胎兄弟，目下在镇工业公司任职，先前阿成罟鱼他背篓，阿成播钩他划桨，对阿成的捉鱼本事，阿龙是佩服得五体投地。一日，公司宴请行将在镇里投资筹建玩具加工企业的日本人山本俊树，酒至六成，阿龙借着酒兴，把个阿成捉鱼绝妙处渲染得神乎其神。

说中有一回，阿成见一处河浜边游移着两条黑鱼，识得一雌一雄，四五斤不等，旋即在河岸边插树枝一丛，又返身回家披蓑衣取鱼叉隐匿在树枝丛后，专候鱼儿好事之际，一叉两条，下水取上来一看，不觉大喜，雄鱼嘴里正吞着条鳗鱼，也有三四两之重，这不，一叉三条鱼，绝了——

山本俊树是个中国通，汉语言功底甚厚，留学沪上数载，对吴方言也感兴趣，不需任何人翻译，自听得有滋有味特兴奋。

席间众人窃笑，道阿龙趁吹大牛不上税竟吹上了国际牛皮。不料，这个牛皮竟让山本俊树当了真，席后，拉着阿龙执意要去拜访这位中国的"捉鱼大王"，比试比试。原来这山本，酷爱垂钓，曾参加过中国钓鱼协会在西湖畔举办的国际友人垂钓邀请赛，一举夺魁，荣获单项金牌。

山本俊树这一说不要紧，镇里却慌了手脚。这一比试，输赢都不好，要是日本人输惨了，说不定一生气跑了，合资的事也就黄了；要让日本人赢了，镇里人一定会说有人为赚钞票讨好日本人，做了手脚，自己塌中国人的台，失中国人的面子，因为阿成捉鱼本事之高之神之奇是有口皆碑的，镇长大动肝火，把个阿龙数落得就差找条地缝钻进去。阿龙也未曾料到，吹牛皮吹出大事来，但没办法，祸是他闯的，屁股还得他去擦，急火火地连夜赶银泾村，跟阿成商议。

阿成其实是个闷葫芦，平时除了捉鱼，一天没三句话，人又倔得出奇，认准死理，十头牛也休想拉得回，阿龙横一句竖一句启发他该怎么怎么，阿成大气不喘一声，最后不耐烦地吼了一声："多说啥，比就比！"唬得阿龙差点磕头喊老祖宗。

阿成娘在灶间煎鱼，应声出来："没事的，让他来好了。"第二天，正好礼拜日，山本俊树踏勘未来合资企业的地基后，兴致甚浓，进银泾村访阿成，一试高低。镇长恐节外生枝，亲自相陪。进村便是阿成家，三层别墅式小洋房，釉面砖贴墙琉璃瓦檐顶煞是气派。楼前绿树环合，倚桥傍水，楼后竹林茂盛，幽雅静谧至极。

阿成娘正在河滩头洗涮，虽说是个年过七十的老年村妇，但耳聪目明，手脚麻利。

山本俊树嚷着"米那沙阿姨那沙"行了个日本大礼。阿成娘笑咧着少牙的瘪嘴，"那沙那沙"算了还礼，絮絮叨叨说是阿成去买酒割肉马上回来，说是甲鱼黄鳝鳗鲡屋里都有好下酒，说是日本朋友是客人难得来，要多坐歇。山本全听懂，"梭嘎梭嘎"点头。

老太边唠叨边捋衣袖裤管，说是抓碗串条鱼尕尕，随手操起河滩头一只竹笪，斜放进水面，双手从石级上的锅子里抓了些米糁，在水面上扬了扬，无数正觅食的串条鱼聚来，小嘴吧嗒着，老太手腕一使劲，一竹笪银光闪闪的串条鱼出了水，噼啪乱蹦。

山本俊树愣了，半晌，竖大拇指连称"绝技绝技"！

老太还唠唠叨叨说再摸碗塘里鱼煮煮汤，边唠叨边脱下脚上的鞋子，把脚伸进三月里尚寒的春水里，沿石级探着，不一会儿，老太举起一脚引出一片哗然，老太脚趾上咬着条乌亮肥硕的塘里鱼，阿龙随即向山本道："这是娘另一个绝技，这鱼叫塘里鱼，野生鱼，三月油菜花开时节最肥，肉质细嫩，煮汤浓郁而不腥鲜洁无比。这鱼眼下正是发情产卵期，你只需用手指或脚指头摸附在石缝中的鱼卵，它就会凶猛地咬住你的手指或脚指头不放。"

山本连呼"绝技绝技"，说是不敢比试了。

镇长悬着的心终于放下了。

山本嚷着"沙油拉那"回那镇上去了。合资企业红红火火地办起来了。

阿成仍是捉鱼大王，而且名声更响了。

匀　饭

　　入师范头天,我排队在后勤处的小窗口凭新生注册单领到了学校供给的那每月三十斤饭票和十六元八毛的菜票,花花绿绿的一沓。几乎跟我同时,另一只纤手也领到了同样一沓花花绿绿的饭菜票。我侧脸一瞥,见是一个模样挺俊也挺苗条的女生,再瞥一下她的注册单,竟是我同专业同级同班的新生,叫柳莺。我这么一瞥,瞥出了她脸上两朵红云。后来进教室排座位,她竟在我的前座,因为曾经见过,也算认识,我们在入座的一瞬间,不约而同地对视笑笑,算是打过招呼。

　　学生在食堂吃的是集体伙食,饭是蒸饭,一大盘八小格,每格四两,菜是三样,一荤一素一汤。八个同学一桌。每天一个轮流做桌长,负责收饭菜票,到窗口排队领取饭菜。说实在的,我们这个年纪正是玩的时候,一下课就在操场上撒野，那四两饭下肚，没有抵上多久，便饥肠辘辘。我们那桌，正巧四个男生四个女生，柳莺也在。开始大家不熟，在一起吃饭挺拘谨，男生不敢狼吞虎咽，女生更是翘着兰花指，几乎嗫吮着，细嚼慢咽的。男生们老不尽意那一小格饭，女生们却总把几乎大半的剩饭拨拉得到处都是。过了一阵子，大家熟了，于是就有女生把未曾动筷的米饭往男生饭碗里拨，先是没有定局，谁拨谁，挺随意的，后来竟拨出了定局，也拨出了些暧昧。但拨来拨去的只有我未受女生们的青睐，原因似乎只有一个：在班上只跟我笑过的柳莺，总把自己那份端走了到少人的僻静处去吃，故她们另三个揶揄她的话里总带些酸味："那瘦不拉几的柳莺竟能撑得下那么多饭，简直不可思议，快上吉尼斯纪录了……"

这期间，每当轮到柳莺当桌长时，另几个女生异常刻薄的目光更是入木三分，让人不寒而栗。柳莺渐入孤独，还有她那带有乡音的话语也往往成为众矢之的。同样尴尬的还有我，每每吃饭，我总感到好几双异样的眼睛盯着我，尤其是每每当我掏了饭票排队添了饭回来的时候。

终于有一天中午，我的饭盒里被人拨进了好多好多的米饭，不用看，那是柳莺，因这天正是她当桌长，又破例第一天留在桌边吃饭，我顿时局促不安起来："柳莺，你……"

她用上课时才用的很甜美的普通话说："其实，我不是不敢拨给男生，生怕人家生疑……"

她边说边吃那碗中不多的米饭,那模样也挺雅的。

自此以后,我们也成了定局,每每吃饭,她总是先把大半匀给我,然后才一小口一小口地慢慢品那不多的饭菜。只是除了匀饭给我外,她几乎不跟我说一句话,再也没有见她跟我对视而笑过。她在班里的地位随着她出色的学习成绩而提高,跟她无话找话的男生也渐渐多了。只是她比才来时明显瘦了,变得越发苗条。

之后的一个夜自修,柳莺先是趴在课桌上,好久好久,后来竟离开了课堂,那背影在操场边晃一下不见了,一直到夜自修结束也没见她的影子。我放心不下,假装散步,去了那操场边平常少有人去的树丛,走近便听到一阵低低的嘤嘤声,循声找去,恰见月光下柳莺那瘦削的双肩正在耸动着。

我的出现吓了她一跳,在我坦诚的再三请求下,她终于道出了偷偷哭泣的隐情:"我饿得实在抵不住了!"

我不解:"那你干吗要把饭匀给我呢?"

她啜泣不止,道:"我实在受不了同宿舍的几个女生用关注饭桶的目光和口气来关注我。她们一个个在男生面前充细气、扮淑女,吃饭时吃得少得可怜,一回宿舍,饼干、蛋糕、奶粉、巧克力……要什么有什么。我不能跟她们一般装样,我爹瘫在床上已好几年了,家里欠了那么多的债,我还能让家里给我寄一分钱吗?我要读好书,就得吃饱饭,没想到多吃饭也有人会看轻你。

我愣了好长时间,终于大着胆子抓住她的纤手,征询道:"这样行不?从明天起,我把我那份荤菜那份素菜也匀给你,抵你匀给我的饭,我有你的那些饭只喝汤也够了,一直喝到师范毕业,让那几个淑女也妒忌妒忌!"

她愣愣,破涕为笑。

缝　被

七七级师范生是头年公开考试从社会上招来的，年龄大的几乎与几个年轻的老师同岁。

入学的头一周，老游击队员出身的校长，就在全校大会上宣布了条纪律：入学前在乡下谈成的对象，在校两年期间一律不准回掉，若有状子告到学校，学校准你十天的假回去妥善解决，但需有对方本人、家长的亲笔签字，以及所在小队、大队、公社的盖章方可返校上课，否则取消学籍。因学籍涉及户口，故这条纪律一宣布，在乡下有对象的，似乎感到自己已落了一拍，谁也不敢蠢蠢欲动。

住校两个月，男女生之间的交往便有了好多节目。其中最直接的交往便是缝被子，女生为男生缝被，这无疑是男女生交往的最充分的理由，有的是女生主动为男生缝，而更多的则是男生央女生缝，只是谁央谁缝、谁愿为谁缝之间，多了一份情谊。到了后来，似乎优秀的男生都有一两个优秀的女生为之缝过被子，这其中当然也有缝成专业户晚自修时双双溜出去而被值班老师堵在大门口的。

学习委员郝皓，则是大家默认的最优秀的男生，人奇俊，仪表堂堂，且功课出类拔萃。只是在班上很孤傲，除了交流学习从不跟女生多言语一句，到了假日，唯有他扛着个脏被卷回家。那回，挤火车的学生特多，郝皓因那被卷，纵然使出九牛二虎之力也没能挤进车门，可怜个英俊男儿却因个被卷搞得狼狈不堪。

到了第二学期当中的一个周日，靓女单梦雨终于当着众人的面，跟郝皓说："你把被子洗了，我帮你缝。"而郝皓木然，闹得单梦雨十分尴尬，蓦然回身奔回宿舍痛哭了一场，还狠狠地骂了好几句："傻瓜！傻瓜！！傻瓜！！！"

又是一个新学期当中的一个周日，单梦雨来找郝皓，说是新从复旦来任教的物理教师央她去缝被子，请他陪一下，郝皓说："这么多同学，为啥偏让我陪？"单梦雨说："你是学习委员，跟老师接触多，不请你，请谁？"郝皓推了好半天没推掉，外边转了一下，竟把相邻几个班的学习委员都请来了，这才陪单梦雨前去，致使单梦雨郁了一肚子的怨气，统统发泄在那个受宠若惊的复旦生的被子上。这回，单梦雨心里默念了上千个"傻瓜"！

临毕业，学校里竟传出极其振奋人心的消息：郝皓经考试被清华大学破格录为研究生。

那是个周日,郝皓叫住了单梦雨,吞吐着探问:"我们就要分别了,分别前,我想……想,跟你要一样东西,不知你舍得吗?"

"啥呀?神秘兮兮的!"

"照片,你的照片!"

单梦雨先是一愣,继而羞羞地一笑,说:"我有一大本,你要,全部给你好了。只是……你得当着众同学的面,央我……为你缝一回被子!"

"那是一定的!"郝皓说。

新皮鞋，旧皮鞋

　　谁都知道，陈墩镇中学教高中物理的柳老师，曾经有过一个既年轻又漂亮的妻子，她还是他以前教过的学生，只是早些年，他通过其他学生的关系把她送到了深圳。几年后，她曾回来过让他改行同去深圳，但他放不下自己痴心热爱的专业，说啥都不肯去，于是她义无反顾地跟他说了拜拜。

　　拜拜后的他，一直独身，也曾经有好心人为他牵线搭桥物色过一个丧夫带着一个小男孩的女人，但最终还是人家嫌他吝啬没成功。虽说他的工资是全校最高的，然人家女的通过介绍人要的不多的几样金银首饰，他说什么也不答应，不只不答应，还说人家俗气，其实人家女的也老大不小了，跟你结婚图的就是实惠，开口要首饰就是试你对她好不好。但柳老师却坚持自己的想法。

那回没成功，名声也就传出去了，柳老师再婚的希望越来越渺茫了。然不管怎么说，作为一名教师，他还是非常出色的。就在他五十五岁那年，他终于以出色的教学成绩获得了省劳动模范的称号，并参加了省劳模代表大会，第一次坐着软卧回城。可就在那次行将下火车的时候，他惊讶地发现自己的一只崭新的棕色皮鞋丢了，一下子，他变得很沮丧，幸好他在火车上找到了一只尺码相同、样子差不多只是颜色为黑色的旧皮鞋，料想是哪个马大哈下车时穿错了他的皮鞋，于是只能对付着穿上那只旧皮鞋怏怏地下了火车，要不他就得光着一只脚回镇上。

第二天，柳老师就穿着这双异样的皮鞋进了课堂，学生们一下子发现了这双怪皮鞋，"轰"的一声，全都站起来哧哧地笑着瞧西洋镜一般。

柳老师分两次将那异样的皮鞋抬起来给他的学生们看，一边抬还一边不无忧伤地跟学生们说："我的那只新皮鞋在火车上丢了，再也找不回来了！"看着老师伤心的样子，学生们也就不笑了。

从此，柳老师这双怪模怪样的皮鞋也就出现在全体师生的眼皮底下，开初，谁见了都会哧哧地笑。只是柳老师常常穿，大家也渐渐地习以为常了，以至于有的时候突然没穿这双异样的皮鞋，大家反倒觉得有点异样的感觉。不知不觉，一年多过去了，那只黑色的旧皮鞋更旧了，以至于终于有一天它的后跟掉了，鞋帮也开裂了，再也不能穿了。

也就在那时，从来不生病的柳老师上课时突然头晕得受不住，被送进了医院，一检查说是里面生了个东西非得马上动手术不可。

手术前，镇上、学校里的领导来看他，看着躺在病床上有点迷糊的他，再想想他大半辈子的成就，很是感动。镇领导握着柳老师的手亲切地探问："柳老师，你放心，我们一定会请最好的医生为你做手术的。你有什么要求尽管提出来，我们平时对你太不关心了。"

半晌，柳老师睁大眼睛，喃喃地说："请领导帮我配一只棕色的皮鞋，我上课要穿的。"

镇领导愣住了。

校长接过话说："你放心吧，我亲自去办，一定让你上课时穿上！"

知情人都说：那双皮鞋是他前妻从深圳带过来给他的，他在病中还割舍不下啊。

还 俗

楠是一个忒爱诗的男孩,他读过好多好多的诗篇,几乎所有脍炙人口的诗句,他都能一下子背出来,他最喜欢的一本诗集叫《离俗》,是一个叫洁的女孩写的,因为书中就有女孩甜甜的笑脸,每天他都把那本诗集带在身边,用心去体味那诗中离俗的意境,整日陶醉在诗情画意之中,与女孩用诗对话。

静静躺着的时候 / 路搁在一旁,他说。

依稀的梦 / 总不肯醒来,女孩说。

抬头凝忘 / 屋顶也是一个天空,他说。

日子看上眼里 / 揉着揉着 / 竟是挂在墙上的风景画,女孩说。

睡在故事的摇篮里 / 续编我的梦,他说。

没什么诠释 / 注定是水做的 / 注定这颗心给你,女孩说。

哪怕空守着 / 空守着一句诺言 / 我也终生无悔,他说。

有一天，有人告诉男孩，写诗的女孩就住在大作家苏童住过的香椿树街上。男孩去了，果然找到了那街、那院、那门。男孩心跳着去叩门。好半晌，才有人来开门，是位和蔼可亲的老太太。

"你找谁啊？"老太太问。

"我找写诗的女孩洁。"他说。

"写诗的洁啊，就是我。"老太太说。

"洁是女孩。"他说，取出了《离俗》。

"我写诗的时候就是女孩啊。"老太太说，取出了另一本《离俗》。

楠取过两本诗集一对，见老太太的那一本是第一次印刷，而他的那一本是第二次印刷，两次印刷的时间正好相距整整五十年。

男孩告别老太太，便迷失在香椿树街上：这没诗的日子，他不知如何去过。

一不小心撞上个好女孩

阿品是个很俊气的男孩，高高的个子，脸庞、鼻子、嘴角都是有棱有角的。阿品最爱骑着他那崭新的捷安特满街跑，那骑车的姿势特酷。阿品骑车时，两眼总不安分，老是搜寻着路边的女孩。阿品看女孩的感觉常常很好，他总喜欢把那种鲜亮亮的女孩看个够，在身后时，先端详她那婀娜的身姿；在侧面时，再欣赏她那迷人的线条；超过去时，他总猛一回头，以验证一下自己心目中的印象分。其实，阿品看女孩绝无一丁点邪念。爱看女孩的阿品总有种无可名状的对美的渴望，他喜欢那种美轮美奂的女孩，尤其是渴望文静的女孩脸上那种不刻意的古典式的回眸浅笑，他喜欢那笑。

一日，爱看女孩的阿品炒了老板鱿鱼后在路上骑车看女孩的时候竟分了神，一不小心撞上了路边那个鲜亮亮的女孩，只是他还算机灵，车身正好避过，只是手臂与手臂擦了一下。

阿品一下子惊慌失措，忙停车致歉："实在对不起，我……我绝对不是故意的。"

女孩见他那局促的样子，笑笑，浅浅的，挺文静的，挺古典式的。

阿品蓦地觉得，眼前的女孩特美，尤其那眼清亮中透着少有的聪颖、坦诚，便不再局促，说了声："还请多包涵。"

女孩在阿品久久的注目礼中款款地离去。

也合该有缘，第二日晚上，他们竟在蓝月亮舞厅里相见，竟是共同的朋友相邀。

阿品邀女孩跳了一曲华尔兹，阿品舞姿挺潇洒，女孩也挺舒缓。共同的朋友为他们喝彩鼓掌。他们竟也没料到，初次相舞竟然这般默契，少有的。

阿品说："昨天，挺不好意思的。"

女孩说："你又不是故意的。"

后来，女孩唱了一首《我们是朋友》，说是送给阿品的，女孩把那歌唱得字正腔圆，简直比那原声还原声，阿品不敢回送，因为他知道自己五音不全，哥们儿前瞎吼吼是敢的，今天说啥也不敢了。

舞会后，女孩主动跟阿品交换了各自的电话号码。

那晚，阿品才知道女孩有一个挺有诗意的名字叫梦依。

炒了老板鱿鱼的阿品，整日无所事事，除了玩就是睡觉。

家里的电话响了一次又一次，阿品也懒得去接一下，然而他没想到这竟是那梦依的电话。终于有一天深夜了，阿品破例去接那电话，电话里的梦依说："阿品呀，你也真是的，找你好苦呀！"阿品只能撒了个谎，说："我一直挺忙的，没顾上跟你打电话，请你不要介意。"梦依说："男孩子忙当然是好事，其实我也很忙，只是一有空，我就想找你。"

于是，阿品请她跳了一场舞，看了一场电影，玩了两局保龄球，把他的口袋玩得羞于见人。梦依总抢着去付账，然阿品总挺男子汉、挺要强的。

囊中羞涩的阿品，鬼鬼的，老是躲着梦依，害得人家女孩子老是打电话找他。

终于有一日，梦依与阿品打通了电话，请他周末晚上去她家参加一个派对，阿品说："我挺忙的，也许不能来，反正你的心意我领了。"梦依说："今晚挺要紧的，你非来不可的。"阿品只能依了，只是那去处着实吓了阿品一跳：金鸡湖别墅！他知道都是些什么人住在那里。

那晚，阿品还是去了，她的家自然挺宽敞挺豪华。挺俗气的阿品只知道大客厅能待四五十人，那电视用的是卫星天线，那墙面上的空调外机，他总共数到十八只。

那晚，阿品才惊讶地知道梦依竟是华东政法大学的高才生，正做着律师，那英语说得比外国人还外国人。她父亲开着一家不小的公司。

好女孩梦依那晚在无人时对他说："我喜欢你常来！"

然而从那晚后，阿品再也没有去见梦依一面，他在他的日记本上写着："说实在的，我觉得跟她在一起有太多太多的压力，因为这个梦依实在太完美了，完美到了我已无法拥有的地步。我渴望美，但一切无能为力。"

确实，阿品知道自己只是一普通得再普通不过的凡夫俗子，除了人有点俊气能讨女孩子喜欢外。

没几日，在去南方的火车上，坐着义无反顾的阿品。

闯社会的阿品，走在南方城市的大街上，仍爱看女孩。

飞　吻

　　人都说小婉是那种机敏而不安稳的女孩子，职校毕业后，原找到了一个合资企业办公室的文员工作，每月八百元薪水，按理说是不错的，但她只干了一年就坐不住了，偷偷地辞了职学了驾驶员又贷款买了一辆崭新的桑塔纳轿车，搞起了个体出租。小婉人挺靓，车也艳，手脚勤快，一有空就把车里车外打理得清清爽爽的，嘴也勤快，客人一上车就老板长先生短的跟客人搭话，客客气气周周到到，故而生意挺不错。

　　小婉家住近郊，每日天一晓亮就驾着她的艳车入城，早晨进城的车流绵延不断，有自行车，有摩托车，也有大小三轮车，大凡是赶着上班、打工、送菜做生意的，一律拖着物件裹着尘土行色匆匆争先恐后，唯有小婉的艳车不紧不慢挺悠闲挺张扬显得与众不同。

一入城便是叫五号岗的四岔道口,这是全市最拥堵的道口,红绿灯前总有好几个交警在值班,而此处又因是离市中心最远的道口,不成文的规矩是最新上岗最年轻的小交警往往先安排在这里当班,干好了再往市中心调。小婉不怕交警,尤其是那些嘴唇上只有黑乎乎绒毛的小交警,你道我违章,我就坐在你的岗亭里跟你辨理,至多少赚半天钞票。小婉最喜欢陶醉于那些小交警面对伶牙俐齿的她而脸色绯红手足无措还要故作深刻的那种窘态。为了排解长时间开车的无聊,有点小聪明的她,常常有意当着那些小交警要弄些小违章,气气小交警们,她有时跟她的那些小姐妹说,看着那些小交警假深沉真生气的样子,她好开心。

可那天她没那么开心。按规定,进入市区后是不准按喇叭的,那天,她蓦地看见五号岗值勤点上站着一个个子高挑有点娃娃脸的陌生的小交警,一副城府很深的样子,便想要他一下,使了个小聪明,不经意间按了一下喇叭。这一按可不得了,那娃娃脸立即打手势指挥她靠边,然后过来行了一个标准的警礼,道是"小姐你违章了",小婉便说"我只是在即将进城而还没有全部进城的时候按的喇叭所以不算违章",而娃娃脸交警坚持两点:一是车前毫无活动路障不需按喇叭;二是前轮已上了市区直行道,所以违章了!小婉说"那你想罚款就罚款吧罚多少随你",娃娃脸交警说"一分不罚,你只要把有关行车规定一字不差背给我听就放你走"。小婉这回没路了,没想到耍了这么多小交警，竟栽在个娃娃脸手里。

自那日后，小婉常常有意无意地给他找碴儿添乱，有一回小婉挺得意，娃娃脸正值班又是高峰时，她的车行至道口时又正遇红灯，然红灯转至绿灯时，她竟装着打不着火堵在路口，急得后面的车喇叭声四起，娃娃脸急急跑来一看是她当然认识一句话没说帮她推起了车子，小婉却冷不防点着火猛踩一下油门害得正用力的娃娃脸吃了一吓险些扑一跤。终于耍成了娃娃脸，小婉挺开心。

从此后，小婉常常与当班的娃娃脸小交警打照面，然俩人都心照不宣地赔着小心提防着对方。时间长了，小婉便有意无意地形成条件反射，一过道口便留意娃娃脸，有时雨天见他没穿雨衣打湿了制服，她竟为他会不会感冒而担心以致整日牵肠挂肚，有时明明该他当班竟不是他当班，她也会整日想入非非。

时间过得很快，这是半年后的一个下午，小婉在一处小巷口被三个神秘兮兮的外地人拦住，小婉一看架势有点心寒故作镇静地问"先生们上哪儿"，前座是个横脸大个子斜了她一眼道是朝前，于是她只是按朝前朝左朝右之类的指令开车，想起前时同行中曾有被劫车劫物更有劫色后被杀的传闻，手心中不禁渗出冷汗来。小婉想用手机与一师兄通几句话暗示一下她的处境，然前座杀气腾腾地说："开车打电话，想拿我们弟兄的命开玩笑？！"一会儿小婉又推说"我上一下厕所"，前座说:"不成,我们的事急得很!"车子在城里兜了几圈,便开始出城,将要经过五号岗时,小婉竟莫名地心跳起来,她知道娃娃脸正当班!远远地看见他那高挑而笔挺的身影,小婉心跳得愈发厉害。可能是车上人已感到了女司机对他们的戒备,故无语的眼神里已做了分工,对小婉看得很紧。车至道口,正遇红灯,而娃娃脸正站在不远处的安全岛上指挥交通。小婉很随意地按了三声喇叭,娃娃脸其实也早见着她的艳车了,听喇叭声愣愣,小婉笑笑,缓缓地冲他一个飞吻,那纤纤兰花指飞吻时挺迷人,娃娃脸又愣愣,继而也回以一个敬礼,只是有点儿局促,没有他平时敬礼时的那种坦然跟俊气。红灯转成了绿灯,在前座霸道的指挥下,小婉出了城。前座冷冷地问小婉:"刚才是谁?"小婉腼腆地说:"我老公呀!"车又开出几公里,后座急吼停车,前座拔掉车钥匙跟她的手机一起摔进了路边的稻田,正想干什么又急急下了车不见了人影。小婉正愣着,一辆110警车飞驶而至,车上几个也挺年轻的巡警问:"那三个乘车人呢?"说是五号岗老冯报的警。小婉这才知道那娃娃脸高个小交警竟叫老冯。于是巡警们给小婉做了笔录。

第二天,那三个外地人再度出现在城里时被巡警逮住了,他们的包中还有几样真家伙。一查已犯了好多劫案,正被通缉。

后来,小婉真的跟老冯结了婚,这当然还靠众人的有心促成。结婚那天,大伙要她跟他公开当时的真实想法,小婉坦言,自知凶多吉少,只是想永别前给他道个小小的歉;而老冯说,世上没有无缘无故的恨,更没有无缘无故的爱,于是想到了其他。自此后,一个开车一个值勤,每每当小婉的艳车经过五号岗时,老冯总要给她行个礼,而小婉总要给他一个飞吻。车上的客人见了,总问:"谁呀,真神气!"

"我老公。"小婉说,每当此时心里总甜甜的像喝了蜜。

真丝被子

祥和蔚从小是在农场偌大的桑园里长大的,最值得他俩回味的儿戏便是摘桑、饲蚕、缫丝、食桑葚。虽说初中毕业后,祥考取师范蔚考取护校分开了一阵,然毕业后俩人竟又一同回到了农场,祥在农场小学做老师,蔚则在农场卫生院做护士。

回农场的头年春里,蔚说"我俩再合养一拨春蚕吧",祥说"这次归你孵",蔚说"你赖皮,还是猜东里猜",结果跟小时候一般又猜了个平手,于是蔚胸前孵一半、祥胸前孵一半,待蚁蚕孵出,合在一起,再用两家院子里的桑叶,合着喂。其间,每个短暂的闲暇,他俩都和他们的蚕宝宝厮守在一起。江南多雨,他们就这般在绵绵而多情的春雨中厮守到蚕们用生命之丝营造起各自的归巢。蔚看着满眼的春茧竟哭了,祥说:"你是想起'春蚕到死丝方尽'的千古绝句,伤感了吧?"蔚说:

"才不是的,我是高兴,我要把它絮成一条柔柔的丝棉胎,再绣上一个被套。"祥说:"絮了被子也不能你一人盖呀。"说完,蔚的脸蓦地红了。

就这般,祥、蔚有了一条上好的真丝被子,被套上绣着一对戏水鸳鸯,然他们深藏着从不示人。

就在他俩憧憬着甜蜜明天的时候,祥犯急病住进了蔚的卫生院。专家的会诊无疑是晴天霹雳:祥竟患上了不治之症。

在祥住院的日子里,蔚被照顾从门诊部调到祥所在的住院病区,同时护理着祥。好几个月的病魔折磨,祥形容枯槁。终于有一天,蔚取来了那条绣着戏水鸳鸯的真丝被子,因为做护士的她心底里明白,祥的日子已不多了,她要让他在真丝被子的温暖中度过最后温馨的日子。而祥说什么也不允,伸出日益萎缩的手,拉着蔚说:"真丝被子是我俩的,不能我一个人盖呀,你藏起来吧,相信我,奇迹会发生的,因为有你!"

蔚点点头,顺从地卷好真丝被子,说:"我相信你会好的,一定!"说着就抱走了被子。

有蔚伴着,祥终以惊人的毅力接受住了一个又一个疗程的大剂量化疗,然化疗后稍显一丝光明的端倪时,因体质的减弱,竟高烧不止,浑身似散了架。几天下来,祥再也动弹不得了,喃喃地跟蔚央求:"蔚,让我盖一会儿真丝被子吧,我实在不行了。"

蔚不允,说:"你会好的,你该相信自己!答应我,真丝被子待我们结婚的那日一起盖,好吗?"

祥忍着剧痛微微点了点头。

不几日,祥终于在恬静中永远合上了眼。

蔚嘤嘤地抽泣着,轻轻扯去祥身上盖着的被子的被套,四周人发现,那内里竟是绣着戏水鸳鸯的真丝被子,人们这才惊悟:祥住院的日子一直盖着真丝被子。

送　鱼

乡下的干女儿上城来，带了两条不小的草鱼，说是承包了鱼塘，自家养的，让干爹干娘尝个鲜。

老荆夫妇收了鱼。

干女儿匆匆走了。老伴就在老荆跟前嘀咕："这么好的鱼，吃了也就吃了，倒不如送人，还是一份挺显眼的人情。干脆送领导吧，就说干女儿承包鱼塘自家里养的，领导也不见外。"

老荆没接茬，老伴急了，埋怨起来："人家一个个比你晚进车队，还没你那份驾驶技术，可人家又是分房子，又是提干部，你干了这么几十年，好处毛也没捞着一根。"

老荆支支吾吾："唉，这么大的活货，咋送哇？"

老伴不耐烦了，说："你这么个大活人，也白活了，拎进门不就得啦？"

老荆被逼不过，只得拎着鱼，赶往领导家去。

说实在的，车队里待这么多年，领导住哪幢他老荆是知道的，每回楼下遇着，领导总很友善地请他上楼坐会儿，可他一次也没去过，以致领导到底住哪个楼面，他就不得而知了。

这鱼咋送哇？

犹豫之际，老荆瞥见老柳家灯光正亮着，便决计先上得楼再说。谁都知道，老荆和老柳称兄道弟几十年，知心着呢！俩人之间的事从不相瞒。

先上老柳家问问。

叩门。

门迅即洞开。老柳家老夫妻儿女婿媳一大桌，正在吃晚饭。见是老荆，一个个搁了杯子、筷子拥过来。

"哈哈，巧极了，喝上两盅再说！"老柳示意女婿斟酒。

"伯伯，快进来！"这是他女儿甜蜜蜜的声音。

老柳妻嗓门儿特大，使着外孙女："还不快给爷爷摆筷子！"

老荆半句话也没插上，人被拥进大门。生怕搁在门外暗处的大草鱼被猫叼走，老荆折回身把它也拖进了门。

"哎哟，老荆大哥，都是自家人，带这么大的鱼干吗？老荆大哥，你也真是的，破这个费干吗？"

老柳把酒盅一搁，更是快人快语："鱼先搁着，喝了酒再带回家去！"

老荆的"不、不、不"还没说完，眼看着生米已煮成了熟饭，干脆把鱼拖进厨房,搁在水槽里,坦荡地说:"这是干女儿送的,她承包了个鱼塘,自家养的,大家尝个鲜。"

老柳一家一百个谢谢,把他送到楼下。老荆回的路上心想这事只要瞒着老伴就成了。

第二日一早,老荆才出门,正遇上老柳,老柳拉着老荆问:"大哥,昨晚你走后,我琢磨了一宿,心里懊悔。这几十年,我是知道你脾气的,按理说,昨晚就该问你的,免得你开不了口犯难。"

老荆摸不着头脑,怔怔地问:"你说啥呀?"

"我说大哥,有天大的难事也尽管跟兄弟我说。"

"没事呀!"老荆一急竟有点口吃,"没……真没事!"

"这就怪了,"老柳犯了嘀咕,"昨晚你一走,你弟媳就跟我说,大哥定是遇着难事不好开口,这不,一早就被她催着过来了。大哥,有啥事要办,你尽管吩咐!"

老荆额上终于沁出了冷汗,一句话也说不出来……

黄军帽

挨了好几个月，何斌待的工厂最终还是关了门，没活干的何斌，日子自然过得很不是滋味。看着整日愁眉苦脸的何斌，妻子说："你何不去找找你那在劳动局当局长的老同学，你不是常说你有恩于他而他又有愧于你吗？"

思前想后，何斌最终还是决计去找当劳动局局长的老同学匡亚文。他料想，老同学虽说位居局长高位，也不至于过分冷落他这有一段特殊交往的老同学。

曾记得还是二十多年前，他们一起在三中念高中时，匡亚文就是同学中的活跃分子，拉胡琴吹笛子唱歌跳舞演"三句来"样样有份。只是那时崇尚军旅生活时兴穿戴黄军装黄军帽，男男女女上得台来则是一溜的黄色。其实说是黄军装黄军帽，也全部是替代品，而何斌却恰恰有一顶崭新的正宗的有着部队番号的黄军帽。这是何斌在部队当兵的叔叔省下来送给他的。这是件挺让人眼馋的尤物,何斌平常也不常舍得戴,宝贝似的藏着。好些宣传队员开口跟他借,何斌都直言回绝了,而唯有匡亚文不仅借到了那顶金贵的黄军帽,并且屡屡演出,屡屡借得。同学们都说何斌跟匡亚文真是很铁很铁的哥们儿。

匡亚文因了黄军帽,被全校的男女生热捧,在县城里一说三中那戴正宗黄军帽的宣传队员,相差好几级的学生都知是匡亚文。匡亚文后来做了班长,又做了学校团委副书记,明眼的同学都知道,这是因了正宗黄军帽带来的轰动效应。

然而,在一次下乡演出的途中,船在湖中遇着风浪,匡亚文借的黄军帽被吹落湖中,虽全船同学惊呼、抢捞,但终因湖面宽风急浪大,黄军帽漂走在远处的湖水之中。这事让何斌伤心了好几个月,也着实让匡亚文心存愧疚,一直跟何斌说:"以后待我有那么一天,我一定赔偿你十顶、百顶的黄军帽。"

记得还是前几年,还未当上局长的匡亚文与何斌路上相遇,还为当年黄军帽的事一口迭声的道着歉意。

这坦诚的歉意,何斌想也许自己的命运会因昔时的黄军帽而转变。

临行时,妻子说:"你不是前几年又觅了一顶黄军帽,干脆戴着,也好让你那位局长老同学触景生情。"

何斌去了,戴了一顶二十年后为了聊以弥补昔日的惋惜而跟人讨要的崭新的黄军帽,去了市劳动局,可门卫把他当成上访的，偏不让他上楼找局长匡亚文。何斌信誓旦旦地说是找老同学，可门卫偏不信。

缠了好半天，恰巧局长匡亚文从电梯中出来，见是何斌，先是一喜，上前握手，继而见何斌滑稽地戴着黄军帽，煞是一愣，神情中多了些尴尬，说是过几天有机会再好好谈，便一头钻进门口候着的那辆小轿车，走了。

车上，匡局长对同车的一位企业老总说："你不是要人，刚才那位我的老同学去你那里行不？"

那位老总不住摇头说："啥年代了，还戴顶黄军帽，神经兮兮的，谁敢要！"

出售诚实

阿龙开了一个特殊的商店，标价出售爱情、智慧、欢乐、诚实、幽默，也有伪善、狡猾、欺诈等，应有尽有。说是某国人类情感基因研究所的最新科研成果。品种虽多然数量有限。

开张第一天，正是情人节，那爱情最抢手，小青年最踊跃，也有中老年人为寻找失落的那种感觉而来，更有一个个大款为了讨小秘们的欢心开着豪华轿车专程赶来购买。没满半天，那爱情就被抢购一空，有黄牛见有利可图便乘机倒卖，也有人原本是很虔诚地买了去想送给自己的老婆或老公的，但行情看涨掂量着把这么金贵的东西带回家也实在是糟蹋，便当场转手高价出卖了。第二天，阿龙开始出售智慧，景况正如阿龙所料，不一会儿，便一销而空。买智慧的全都是家有读书儿女的大人长辈，那场景真是感人。只是阿龙事先估计不足的是那些伪善、狡猾、欺诈等声名不大好的商品竟也热销，原本他只是作为样品象征性地进一些做做样子，想不到奇货可居，争买者不住地较劲叫价，生怕被人抢了去。有两个客户已来了好久，一个说是要买"骗了人脸不红心不慌"的那种另一个说是要买"捣糨糊能捣得上不起泡下不沾底"的那种（所谓捣糨糊，乃时下流行的词，含有糊弄、和稀泥、拆烂污、敷衍、欺骗、耍弄、玩人、设套、虚情假意、瞒天过海等含义）。前一个自称是半道出家的小商人，常常见别人倒腾些假冒伪劣发了财就学着作假，可就是一说谎脸就红心就慌常被人识破，老被处罚，生意也每况愈下；另一个自称是某处公司的小职员，几十年辛辛苦苦埋头苦干，到头来眼见得同科同室的同事们一个个升上去了，自己还是个干杂活的小职员，往往是干得好是别人的功劳，干错了还得不明不白背黑锅受冤屈，更使他窝囊的是回来还得忍受老婆的埋怨。阿龙听他们这般说，也挺同情他们，但实在是爱莫能助。那两个人几近哀求地说："你能不能行行好再找找看，也许还留着那么一两件呢，如果有可替代的，我们买了也好对付着用用。"阿龙满怀歉意地说："实在不瞒两位，鄙店实在是小本买卖，备货有限，好的孬的全卖完了，只留得诚实一个，原本想自己留着慢慢用的，如果你们急需，我就割爱了，一人半个，只收你们成本价。"

俩人听得，说："不瞒你说，那诚实，我们有！"

换 画

陈墩镇是个旅游小镇，又是个远近闻名的书画之乡，乡人习书作画蔚然成风。凌站长自到镇文化站走马上任的第一天起，就盘算着筹办一个高规格的书画展。

新官上任的凌站长雄心勃勃，计划一俟拟定，便四处奔忙，筹资金，筹作品。他几乎跑遍了所有曾在陈墩镇待过的能写会画者家的门槛，诚恳求赐书画。早年曾任镇长前不久在全国市长书法大赛中进入前十名的汪副市长家，他跑了一次又一次；李画师、萧书法家、宋篆刻家……一个也没落下。陈墩镇确实是个卧虎藏龙之地。

没过几个月，所求赐的作品逐一送来。没想到汪副市长的一幅隶书作品托人捎来后，送展的作品骤多，一下子超出了原征集范围，有自己专程送来的，也有托人捎来的，甚至好几位从没听说过能写会画的市、镇领导也都赐了墨宝,放在一起,好大一堆,凌站长高兴得快要疯了,当即便给汪副市长写了封长信,对市长关心乡镇文化事业表示由衷的感谢。

展览就布置在雕花砖楼里,这楼是小镇的第一号旅游景点,老外也常光顾,故意义也非同小可。一堆书画,墙上满满地布了一周,一些无名小卒的习作,只能委屈了。

临开展,汪副市长正好检查工作来镇,过来看了一下展览筹备工作,没说什么,只是示意把自己的那幅隶书从首位往后挪挪,找了个角落说:"就这儿!"结果把幅不知谁的书画换了过去。

汪副市长前脚走,凌站长的小学同学阿宜便来了。阿宜这几年个体搞广告绘画着实发了,在小镇也可算个人物,只是一直在外忙,今天才回家听说镇上办书画展,且有市长参展,便随手取了张广告画就来了。只是听老同学说墙满了,就说:"换一幅下来,我赞助你五千。"凌站长一听,心想好事尽成双来,一高兴便说:"换吧,只要不动头头儿们的,哪一幅都成!"阿宜一瞥首位,指着才换过去的那幅说:"就这!我再加一千。"凌站长马上应诺,叫人立马把那画换下来,搁在了一边。

一切就绪,书画展如期开展。汪副市长脱身公务也来参加开展仪式。简单的开展仪式上,汪副市长做简短的讲话,他说:"今天,借陈墩镇书画展的机会,向大家介绍我们的前辈马老,马老是我的老师,在乡下小学任教四十多年,培养了不少有出息的书画人才，现在退休在家，悉心研习书画技法，有很深的造诣，我把他请来，只是想告诉大家，马老不仅教会我们书画，更教会我们怎样做人。今天我要让马老来个小小的惊喜。"说着，马老由汪副市长扶着被人簇拥着步入展厅。汪副市长边走边对马老说："您这边来。"说话间便来到展览的首位前，抬头一瞧，众人诧异，不知市长何以推崇一幅创意平平却充满诱惑的沐浴露广告画。

马老一见笑了，说："有意思，真有意思！"说着一幅幅看了下去，遇佳作驻步端详一番……汪副市长抽身过来冷着脸问凌站长："那广告画换下来的画哪？"凌站长情知不妙，慌忙从一边的废画堆上找出那画。汪副市长接过画，说："你可知这是马老的一番苦心啊？"说着展画，只见画面上只几枝生机盎然的蜡梅，淡淡的渲以洁白的积雪，洁净无瑕，梅香飘然欲出，落款：不惊斋主人八十五岁拙笔赠学生磬以勉。

凌站长暗暗叫苦：不惊斋主人虽不知何人，然汪副市长分明名叫磬。只这画怎么送来的，他却全然不知。

绑 票

诸家是陈墩镇上排得上名的殷实大户，祖上中举、做官者多人，到了1942年，诸家已有良田百亩，布庄南货店多家，全家老小过着富足安舒的日子。

陈墩镇地处江、浙、沪三省市交界，四十年代，正值兵荒马乱的时期，湖匪猖獗，偷盗抢劫杀人越货，时常不断，一时内忧外患，百姓生活苦不聊生。诸家自然也加强防范，加固院墙，雇用家丁，还派人出义工值更。

然百密终有一疏，某日，诸家一对十三岁的龙凤双胞胎在上学时不见了踪影。

一直到傍晚时分，才有人在诸记南货店门口发现了一个小竹篮，篮里放着一只血淋淋的断掌和一封要挟信。南货店里的伙计见状急去诸家报告。

诸家撑门面的是诸元朝，也就是双胞胎的爷爷。

诸元朝取过竹篮一看，心为之一紧，他认得，那断掌是常负责护送双胞胎上学的家丁阿四的左手，急急取过要挟信一看，那信证实诸家那对心肝宝贝的龙凤双胞胎已被歹徒绑票，光天化日之下，连同贴身护送有些武功的阿四一起绑走，足见对方并非等闲之辈。要挟信上要诸家速筹现大洋三万，否则每日送上手或足一只。第二日，果真在布庄边的小弄堂里发现了另一只断掌和第二封要挟信，信上要诸家把现大洋三万在当天傍晚时分放在淀山湖边的三岔港口点着桅灯的小扯篷船上，放上现洋后，解开缆绳让其一路顺风漂移。

三万现大洋，对于诸家来说，也是个撑破天的大数目。搜遍了全家各店各房，一日之间也只筹了五千大洋，无奈之际，只能依绑匪所要求的先把五千现大洋放在小扯篷船上，任风漂走。现大洋里自然还附了一封请求宽限的书信，诸元朝在信中坚称，即使卖田、卖店、卖房，也一定会筹上现大洋三万，只是求对方宽限几天，并力保双胞胎平安，且留下家丁阿四性命。

第三日，深夜，黑灯瞎火中，诸家正在惴惴不安的焦虑等待之中，园丁又在院中捡到一枚飞射而来的箭，箭身上绑着第三封要挟信，要挟信上要诸家依老法子日送五千现大洋，限时三日，否则撕票。

诸家无奈，只能四处求人卖田地、卖店铺、卖房产，然镇上大户人家，一是怕露富也同遭厄运，二是兵荒马乱之际，也实在无人有添置田产家业的心思，故诸元朝跑遍了镇上所有的有钱人家，筹钱之事仍屡屡碰壁，只借得少许现大洋，也只是杯水车薪。唯有开药铺的田老板，答应帮诸家一把，只是条件相当苛刻，一大沓田契，几乎是白送，只换了四千多现大洋，但这对于诸家来说已是救命稻草。

药铺田老板，其实也是近年中才来小镇落脚的外来户，人家有多大背景，有多大实力，诸家一无所知。只是田老板答应，可以通过生意上的朋友，帮诸家筹钱，条件是诸家一定要给田契、房契。

于是，紧接着的两天中，诸家一大沓田契房契，变成了现大洋，再一次依老法子送进淀山湖。如此这般，诸家开始生疑，在送出的现大洋上，秘密做上记号，结果果真在田老板处第二次拿到的现大洋中，发现了这些秘密的记号。然事已至此，诸家已变卖了家中几乎所有的房产、田产，只留下一处祖传的老屋和一些祖上传下的古玩字画。所幸的是绑匪最终还是信守诺言放回了诸家的那对龙凤双胞胎和业已双臂残缺的家丁阿四，问起绑票的细节，三人懵懂中只记得路上僻静处被人蒙了口鼻，后来一直昏睡着。

诸家想报官，但想想整个绑票过程，并无真凭实据，镇上有被绑票而报官的，但谁也奈何不得这些穷凶极恶的绑匪。只是仅几天之间，诸家从一个殷实家庭沦为平常人家，全家老小只能欲哭无泪。为从长计议，诸家青壮年中有的出外谋生，有的出外读书，家丁、伙计抹着泪，念着东家的好各奔东西。

自诸家沦为平常人家后，靠变卖仅有的一些古玩字画苦苦度日，然时下局势紧张，诸家老小也开始遍尝普通百姓在那些困苦日子里所经历的百般辛酸与苦难。尤其那对龙凤双胞胎，缺少了殷实家庭的呵护，也和穷苦人家的孩子一般，早早地懂了事，更因为家里为了解救他们而耗尽了家财，愈发早早地成熟。不几年，便出外学徒做工开始自食其力，稍有节余，总不忘往家捎些钱物，虽少得可怜，但也足见双胞胎的一番孝心。

与此同时，药铺田老板，几乎一夜之际成为陈墩镇上的首富，不几年，便有了田地数百亩，店铺也盘到了好几十家，妻妾成群，武装家丁，更是前呼后拥，在陈墩镇上更是翻手为云，覆手为雨。

然到了1949年3月，陈墩镇解放，不可一世的田老板被定为恶霸地主，被人民政府公审后枪决了。枪决的那天，正下着大雨，诸家全家老小相拥着早早地去候着，默默地看着田老板扑倒在污泥水里的样子，觉得很解气。

护　送

沪上沦陷，陈家在沪上的纱厂被日本人炸了。

陈老爷考虑再三，决计还是让女儿回陈墩镇老家。只是沪上到陈墩镇，得乘火车百里，还得转乘船八十里，这兵荒马乱的日子，旱路水路都不安宁，到底让谁护送女儿去呢？

陈老爷想到了绸货店的学徒陈不饿。陈不饿是北方人，陈家远亲，一路逃荒讨饭来沪上投奔陈老爷。陈老爷看小伙人虽干瘦然精神，也不缺精明，便留在店里当学徒。陈老爷想，大难当头，把宝贝女儿托一个沾亲带故的人，心里多少还有点底。

说走就走，陈老爷找人开了路条亲自把女儿送上火车。上得火车，陈不饿身背细软、干粮，贴在小姐身边寸步不离。其实，陈小姐和陈不饿年龄相仿，过年才二十，然辈分上差了好多。

陈不饿该管陈小姐叫"姑奶奶"。姑奶奶自然也开心受用。

车，人货很挤，开开停停，百里路竟开了一天一夜。火车转水路，好不容易等上了去陈墩镇的航船。那航船竟也航航停停，老是躲日本人的飞机。

可能又饿又累，上了航船，陈不饿人竟蔫蔫的，两眼发呆，趴在舱里动弹不得。陈小姐先是没多大在意，蜷在长凳上打盹儿。谁料想，到了前不着村后不着店的大湖里，船上竟有四五个歹人开始兴风作浪，先是喝定船老大，跟他撂狠话，说："这水路，你长跑，若是今日管一下闲事，我等见一回打一回，小心性命。"说罢，开始对客人挨个搜身，大凡随身金银首饰细软，悉数搜走，就连干粮也不放过。

正要搜陈小姐，陈小姐不依，拼命喊叫。陈不饿支撑起虚弱的身子，踉跄着挺身护小姐。

见有人不服，众歹人便围过来，一看，眼直了：船上，竟还有个年轻脸俏的城里大丫头，顿时一个个色心毕现，满嘴淫语，这个一拳，那个一脚，把护着小姐的陈不饿逼入绝境。陈不饿手脚不够，护小姐，细软被抢；夺细软，又怕小姐被人非礼。情急之中，陈不饿嗖地掏出把匕首，把小姐紧紧护在身后。歹人轮番进攻，一歹人抡起一棍，正中陈不饿额头，鲜血直流。摇晃中，陈不饿不顾血流满面，一手拉着船舷，一手持匕首对抗，一腿站着，一腿还击。歹人无心与陈不饿僵持，开心地翻弄着搜来的财物。

就在此时,三架日本飞机呼啸而来,俯冲间丢下的炸弹在船舷边炸开,巨大的涌浪险些把航船打翻。船老大拼命使舵,仓促中尽力让船朝浅滩上冲。

船好不容易冲上浅滩,巨大的惯性,又险些再次倾翻。船上所有的人,跌跌撞撞,有的竟然跌进了水里。稍一停稳,众人呼啦一下全跳下了船,拼命朝湖边苇丛躲身逃命,生怕日本人的飞机再来。

陈不饿拉着陈小姐,深一脚浅一脚地躲进苇丛。实在坚持不住了,陈不饿趴在烂泥上抠着喉咙呕吐,翻肠倒肚,人抽搐着。陈小姐帮陈不饿简单地包扎了伤口。

一会儿,苇丛中的人群迟疑着开始朝岸边移动,只是那些歹人还没走远。

走着走着,陈不饿渐渐加快脚步,走出队伍,向歹人们靠近,越靠越近。歹人还没反应过来,陈不饿已经靠近他们。只听得陈不饿怒吼一声,左右开弓、上下出击,把几个歹人全打得趴在地上直呻吟。半晌,陈不饿招手,让众人过去,胆大的先过去,找回自己的被抢物件,匆匆散去。

陈不饿心积怨气,时不时飞身踹一脚歹人。众歹人求饶,哭爹喊娘。那抢破他额头的歹人,被陈不饿直打得瘫在地上。

陈不饿解了气,发狠话:"你等再作恶,我见一回打一回,小心性命,滚!"众歹人慌慌地狼狈逃窜。

陈小姐见陈不饿前后判若两人,心里不解,问:"你怎么回事?"

陈不饿见四周没人，这才轻声说："我是北方旱鸭子，见不得水，一上船头就晕、人就乏力。这是我致命的软肋，求姑奶奶千万不可泄露天机。"

陈小姐为难了，说："我们这水乡，到处是水，没船就到不了镇上。"

陈不饿说："我们绕着走，只要在岸上，再多的歹人，我都不怕。"

两个人只能一路上绕着走，有桥过桥，实在有过不了的河，才小心翼翼摆个渡。困了，就在路边破庙里打个盹儿。饿了，到路边的人家要一些吃的。一直走了两天两夜，两个人才走到陈墩镇上。

到了家，陈小姐昏睡两天两夜。醒了，陈小姐把陈不饿叫进自己的房间，说："不饿，你护送本姑奶奶有功，作为报答，本姑奶奶愿答应你一件事，无论啥，你尽管说吧！"

不饿迟疑再三，惴惴地说："我想摸一下。"

陈小姐先是一惊，继而落落大方地闭上眼说："摸吧！"

陈不饿又迟疑片刻，在陈小姐的再三催促下，这才在陈小姐手腕上戴着的翡翠手镯上小心地摸了一下。

陈小姐睁开眼，疑惑着问："你就这样摸了？！"

陈不饿说："是的。"

陈小姐更疑惑，问："为啥？"

陈不饿说："我娘原先也有一只跟你一模一样的镯子。爹生病，娘哭着把它当了，一直到我娘生病死前，也没有把它赎回来。有朝一日，等我有了钱，我一定要想法把它赎回来，这是祖上留下的宝物。"

几年后，当陈不饿离开陈老爷家回到北方的时候，突然在自己的背囊里，发现了这只翡翠镯子。他不知年轻的姑奶奶啥时藏进去的。

讨工钿

丁亥年春,陈墩镇几十户商贾大户愿意出资在红木桥埭镇公所旁建一座镇公堂。经商议,破土后的诸如筹资、购料、召匠人、监工、付工钿等所有事宜均由镇商会陈会长操持。陈会长唤了本家两个内侄做帮手。建公堂事宜进展还算顺利,只半个月工夫,陈会长他们就筹集了绝大部分的款项,镇长大人更是鼎力相助。

黄梅天一过,应召的香山帮匠人便入场开工。这香山帮匠人,可是江南一带有名的匠人。据说,明代设计天安门的香山高人蒯祥,便是他们的鼻祖。好多苏州园林、皇家宫殿,出自他们的巧思、巧手和绝技。

这回应召的香山帮匠人大师傅是姚大,徒子徒孙大多姓姚,师承有序。姚大和众人一起吃住在工棚,至寒露,公堂便结了顶，姚大让大徒弟姚木带两三徒弟收尾。按入场时商议，匠人吃住由陈会长安排，收尾时先付少些工钿，年前付清全部工钿。

然陈会长第二笔工钿一拖再拖，一直到大年廿九还没兑现。陈会长总有推托，唯一不可推托的是公堂确又是香山匠人们的一处精湛建筑。姚大实在耗不起，留下姚木自己先回了香山。

年廿九夜，陈会长设宴款待姚木，一口允诺，酒足饭饱后，定奉上余下的七十个大洋。那七十大洋究竟是多少钱呀？那足足可以养活几十家子上百口老少，忙乎了大半年的匠人们，一家家都伸长脖子等着这活命钱。

酒，确实好酒，绍兴的陈年甏装老黄酒，喝上去，喉咙口黏黏的。姚木虽是吃百家饭的，然这么好的老酒，还是头一回上口。姚木酒量好，然不贪杯。小咪一口，应酬着。陈会长不依，另一张八仙桌上，放着七十枚现大洋，说："一盅一个现大洋，你喝七十盅，便如数给你七十个现大洋，一个不少。你若不行，让你家姚大来。"姚木自知今晚已被陈会长逼入绝谷，为了百十口老少的性命，他只能豁出去了。

陈会长倒也是个仗义之人，请姚木当着镇上最德高望重的几位老者的面，把七十枚现大洋一一验过，确保枚枚真大洋封好后，开始上酒。

陈会长请人端上来的酒盅，并不小。陈会长笑着说："姚木老弟,请别在意,我陈某在镇上也是出头露面的人,酒盅太小,被人笑话,说是我陈某款待香山师傅小气。"

话是这么说,姚木真要一口气喝下这么多酒,谁都说绝对不可能。姚木心里也在打鼓,快喝也是醉,慢喝也是醉,然慢喝醉了,很有可能陈会长他们趁他烂醉如泥时,在大洋上做手脚。于是,出乎所有人的意料,姚木站起身,先吃了几只塞肉水面筋,垫垫底,随即,像喝水一样,一口气把七十盅老黄酒喝得滴酒不剩,一喝完,嘴也没抹,拎起大洋便跑。冲出大门,用手指朝喉咙里用力一挖,那一肚子的酒水,喷了一地,引来好几条饿狗争食。姚木一路走一路喷,饿狗一路跟着争。姚木没醉,狗都醉了。

陈墩镇到香山,旱路一百里。其间,还要摆几个渡口。姚木把现大洋贴身扎结实了,一路快走,逢渡口,一自报"我是香山帮姚木",便会有船家起身摆他过河,有时不仅不收他摆渡钱,还一片好意塞些锅巴、山芋让他路上充饥。实因这香山帮不仅技艺好,人缘也好。

一路快走,半夜时分,姚木已经走了一半路。到斜泾浜渡口,正要找渡工,却见星光下的渡口这边停着一艘拉渡船,这渡船好就好在,两岸都可以拉,没渡工也不碍事。然就在姚木跳上船还没站稳之际,船里突然蹿出两个汉子,一个紧紧勒着他的脖子,一个拉扯着他的腰间。姚木自知遇上了亡命歹徒,然小小的渡船摇晃着,他根本使不出劲,而一歹徒死命勒他的脖子，让他喘不上气。情急之中，姚木使出全力一弯腰，伸手从裤腿边绑带里抽出防身的木工平凿，只一凿，便扎中一歹徒的大腿。一歹徒大叫，仓皇逃窜。另一歹徒见姚木手持利器，怕了，也撒手就逃。

姚木惊魂未定，拼命拉绳，上得对岸又一路飞奔，实在奔不动时，就趴在田沟里，看四周的动静，吃些东西。奔奔、趴趴，天亮时分，终于叩开姚大家的大门。唤上帮里的匠人们，姚大当着众人的面验钱。然结果，让所有的人一下子从热水里掉入冰窟。那些大洋，一大半是假的。顿时，场院上绝望的哭声抽泣声连成一片。

姚木说："师傅师兄弟们，我知道这事的蹊跷了。你们去几个护着这钱跟大师傅去陈墩镇跟人论理，我还得去找一个腿上有凿伤的汉子，也要一些人同去。"

姚大到得陈墩镇，陈会长死不承认，叫来几位见证的长者，姚大空口无凭。事情闹大，惊动镇长。镇长也说没法子，大洋是姚木一枚枚验过的，有长者见证，他一个人拿出门后，事就说不清了。

姚大只能怏怏而归，香山帮的匠人们含着泪过了一个从来没有过的心酸年。

一直到大年初四，姚木回来了，他让众人一起去陈墩镇论理。

匠人们聚在陈墩镇镇公所，姚大他们唤来镇上有头面的商贾大户家主人。镇长也在。

姚木揭露了一个惊天阴谋。说有两个歹徒,斜泾浜渡口上,抢劫了他,他反抗,一歹徒腿上受了伤。周庄伤科钱郎中,可以做证,他为这个歹徒治过伤,缝了七针。"这歹徒就是陈墩镇人,现在正在家里养伤,我的几个徒弟在他家四周已经蹲守了一天一夜。我们可以看看这人究竟是谁。"

众人过去一看,都愣了,这分明是陈会长的一个本家内侄。众人都非常愤慨,责问道:"我们各家出的钱,哪儿去了?"

香山帮匠人们复又拿到了真正算自己的工钿,补过了一个年。

新中国成立那年,恶霸陈会长,被新成立的人民政府镇压了。

遛鱼王

阿隆从小在淀山湖畔长大，不仅水性好，钓鱼技艺高，尤其是遛鱼功夫，特厉害。方圆几十里，好多人都知道银泾村有个遛鱼王。那本事，了得！钓鱼，最见功夫的还是遛鱼。湖边野钓，偶尔有大鱼上钩。特别大的鱼，钓者一般不能太急，太急了，不行，得慢慢遛着，与大鱼较量。钓鱼的乐趣，就在这一次次遛鱼中。

一般说，大鱼初上钩时，会积聚全身之力，乱窜、跳跃，拼命挣脱。钓者切不可硬拽，适当收放，软硬之间，杀其锐气，耗其体力。大鱼挣脱无望，也会一次又一次打挺，与钓者斗力较劲。鱼大，打挺时力也挺大，钓者若一急，或绷断钓鱼线，或折断钓鱼竿，最终功亏一篑。

阿隆的本事，绝就绝在不管鱼再大、再狡猾，从没失过手。

于是，附近有人钓住大鱼，便打手机央阿隆过去帮忙。阿隆接了电话，一边教钓者稳住大鱼，一边赶到现场。

有一回，阿强钓住了一条大鱼，忒大。那鱼挣扎时鱼尾击起的水花，让阿强惊呆了，那简直就是一条小牛。阿强急唤阿隆，阿隆让阿强先稳住，便赶了过去。那是淀山湖进村的一条大河，河面宽，水深，遛鱼挺难。阿隆接住钓竿时，吩咐阿强找船。船找来一靠近，阿隆便飞身上船，斗起鱼来。大鱼先是打挺，跟阿隆耗耐心。耗了整整一个时辰，阿隆端坐小船首，以不变应万变。一个时辰后，大鱼开始拉纤，阿隆紧攥钓竿，该放时放，该收时收。大鱼劲特别大时，小船便随着大鱼朝深水大湖里移。眼见大鱼拉着小船和阿隆渐渐漂进大湖，越漂越远。众人在岸边观望，黑压压一大片人头，像是过节。只见阿隆不紧不慢与大鱼较劲。从上午十时一直到下午三时，阿隆就这么耗着。到了下午三点后，阿隆不再端坐船头，起身跨立着，一会儿收线一会儿放线。收放之际，大鱼重又向村河里移过来。最终，大鱼被遛进小河湾里，阿强事先准备的拉网派上了用场，网兜住了大鱼，拖上了岸。那是一条少见的大青鱼，一称，乖乖，整整八十三斤。好多老人也说难得看见。

有人拍了照片发给报社，第二日的市报上刊登了。隔了一天，省晚报上也刊登了。阿隆风头出了，名声也大了，便有喜欢钓鱼的径直过来取经，也有干脆来拜师。

其实，阿隆有他的营生，夫妻俩开一家小渔具店。平时，老婆看店，他常被养鱼人叫去。那些养鱼人平常有些客人赶来鱼塘指定要买大鱼，若数量不多，养鱼人便让阿隆用鱼钩钓。这样，对鱼惊动不大。钓鱼，使阿隆和附近好多养鱼人成了朋友。钓鱼，少不了遛鱼，能遛的鱼大多是大鱼。每次遛鱼，看的人很多。阿隆也不保守，人家要学，他也耐心教。养鱼人一般每钓一条鱼，结算给阿隆两块钱。阿隆手脚快，有绝活，一天净赚个七八十块钱，不在话下。名气响了，阿隆小渔具店的生意也好了。

只是后来阿隆心里犯了疑惑，附近好多养鱼人都不叫阿隆钓鱼了，朋友也便生疏了。传说鱼塘里常丢鱼，神不知鬼不觉的。不用船、不用网、没大动静，这偷鱼贼，绝非等闲之辈，没有阿隆的绝活，也与阿隆相差不多了。言下之意，阿隆也成了被怀疑的人。

阿欣是个养鱼人，与阿隆走得特近。阿欣不但养上市的鱼，还养孵小鱼苗的亲鱼。有段时间，阿欣常为鱼塘里丢亲鱼犯愁。亲鱼养在内塘，都在十斤、二十斤之上。阿欣跟阿隆说，按量喂的鱼食常常吃不完，水面动静也越来越小了。而内塘和外塘是用几道鱼箔隔着，那鱼箔的绳索似乎也常被人动过。其实，阿欣每晚就睡在看鱼棚里，然鱼塘太多、太大，阿欣夫妻俩也实在是顾得了头顾不了尾。阿欣信任阿隆，每次少鱼，都暗中唤阿隆过来看究竟。

有一天早上,鱼塘里出大事了。阿欣一早起来,就见外塘水面上漂着一个人。报了警,民警过来一看,那人有些脸熟,是常来看阿隆遛鱼的人。那溺水的偷鱼人是被自己的渔线缠住了。渔线的另一头,竟然是阿欣养了好多年的亲鱼王,三十多斤,怎么被他遛到外塘的,确实是个谜。阿隆推算,定有好些人在岸上悄悄相助。果然不出意料,鱼塘里死了人,随即有一群人到鱼塘上来闹事。闹了几天,惊动了镇上和市里的公安。最终也是阿欣倒霉,赔了几万块钱,退了承包的鱼塘,夫妻俩含着眼泪离开了银泾村。

就这事,外面有人传说,溺水的偷鱼人是阿隆的徒弟,曾跟阿隆学过遛鱼,那偷鱼的鱼钩和鱼线都是阿隆特制的。阿隆有口难辩,也真没想到,自己一点小本事,竟害了两家人。

也就这事,阿隆的渔具店,夜里被人砸了几次,阿隆也懒得打听是谁砸的,关店歇业,并发誓,这辈子再也不遛鱼了。

金算盘

区家是陈墩镇的殷实大户,老祖宗先在苏州城里帮豪富人家理财,后告老还乡回镇后,开南货店、布庄起家,只几代人工夫,便积得诸多财富。

区家有一把算盘,老祖宗传下,据说是纯金打造。只是区家祖上有训,算盘传女不传男。长女区娟在家执掌财政大权,入赘女婿扶持镇上的店面,双胞胎兄弟在外经商奔忙,区家商号在外开了几处。

到了抗战开始,苏沪相继沦陷,区家商号被炸、被抢,双胞胎兄弟大牛小牛只能关门歇业,终日无所事事。

往日商号生意兴隆之际,大牛和小牛,手头上都很活络,又加终日苏沪间奔走,染上不少顽疾。大牛嗜鸦片,终日间云里雾里吞吐钱财,以致常常拆东墙补西墙。小牛嗜赌博,手气还算不错，输输赢赢，终究没有什么大的亏空。后来，他们手下的商号被炸、被抢，一了便百了，俩人只身拖着两大家子回到了陈墩镇。

大姐接纳了兄弟两大家子，供吃供穿。然只几日，两兄弟便觉出大姐的不是来。一日三餐，无肉无鱼，只是些咸菜萝卜螺蛳蚌肉。早上是粥，晚上还是粥，吃得两大家子怨声连天。穿的呢，大姐只拿些压箱底的老布，请了个乡下的老裁缝赶做新衣。做出来的衣服，式样怪异，大人小孩谁也不愿意穿。

大牛熬不住了，跟大姐预支了说好的月供，自己跑县城吸鸦片烟去了。小牛多日寂寞手也痒了，打听多人，也预支了月供，跟人去邻镇杀了一下赌瘾。然邻镇赌窝水也很深，只半天，便把一个月的月供全输了。没了月供，两家子便鸡犬不宁，大人闹，小孩哭，大姐干瞪着眼，无计可施。

一日，大牛小牛商量好了，决计跟大姐分家。区家的舅舅被兄弟俩拖了过来。

大姐没法子，亮出家底，一处老宅，一处南货店，一处布庄，三十亩田地，任由舅舅做主。

舅舅是个和事佬，谁也不想得罪，让三姐弟先说。大牛小牛口风一致，说大姐隐瞒了区家最值钱的宝贝：一把算盘。话又说得很不中听，说大姐原本就是该出嫁的女子，在家执掌财权这么多年，少不了瞒着藏些体己钱。这么一说，两兄弟便把大姐逼到了死胡同。

大姐始终没有说话，任由大牛小牛说去。

最终，老宅一分为三，大牛小牛得第二进和第三进的楼房，大姐得一些偏房。南货店归大牛，布庄归小牛，三十亩田地每户十亩。家就这般分了，大牛小牛仍不知足，最让大牛小牛耿耿于怀的是祖传的算盘最终还是归大姐一人所得。大姐拿出祖训，大牛小牛不愿看，舅舅看了说："祖训上写得清清楚楚、明明白白，我们还是不要违了祖训坏了家规吧。"

大牛小牛得了该得的家财，也就挣脱了束缚，想抽抽，想赌赌，只几年工夫，把各自家财挥霍一尽。大姐也是苦苦规劝，两兄弟却不领大姐的情。

大牛小牛最终又一次到了山穷水尽的时候，再次把舅舅拖了过来，提出要平分大姐名下的十亩田地、一些偏房。

大姐被逼无奈，落着泪，带着仅有的三亩三分田地的地契，离开了老宅，在自己的地边盖起了三间土垒墙茅草屋，一家人耕种田地养活自己。

然老宅上的偏房和三亩三分的田地，对欲壑难填的大牛小牛来说，仅仅维持了半年多。把祖上最后的家财挥霍一尽后，大牛小牛的女人都带着孩子和不多的细软回了娘家，两兄弟便只能带着铺盖蜷缩在镇头的老庙里。

半夜饥肠辘辘醒来，大牛小牛仍愤愤不满，说，凭啥要把那么值钱的算盘传给原本该出嫁的大姐？

俩人盘算着，那算盘原本就该有他们的份儿，应该把算盘拿出来分了，然要违祖训，很难，舅舅也不会帮他们。要拿，只有硬来。两个人一拍即合。为防备大姐知道是他们俩所为，他们精心策划一番。最终由小牛出面，请出平常的赌友，说妥了得手之后的好处，便让两赌友在第二日深夜里蒙面如劫匪一般，操着利器直奔大姐的茅草屋。大牛小牛在外接应。两赌友推柴扉入屋，二话没说，先把屋内的大人小孩全都结结实实地捆了，逼大姐交出金算盘。

利刃之下，大姐区娟落着泪交出祖上传下来的宝贝。

大牛小牛接应时，取走宝贝，回到老庙里打开盒子一看，傻了，这哪里是金算盘，分明是一把又旧又锈的铁算盘。然盒内却有家训，上书："吾乃贫苦人家出身，幸遇恩师厚爱，悉心点化，练得一手好算盘。入其私塾门下五年，分文不收，且以长女所托。后得恩师推荐，为苏城东家理财数载。兢兢业业，深得东家器重。积累了一些原始资本和经营之门道，遂回镇创业。此铁算盘，乃恩师和岳丈之宝物。物之无价，在于内蕴为人、致富、持家之道。此宝物，传我后辈长女，以感恩恩师岳丈。"

大牛小牛无语。

又一日，区大姐听人说，镇上老庙里闹出了个大血案，有俩人身中数刀，血洒老庙，已曝尸一日，惨不忍睹。区大姐惴惴不安至极，赶去一看，正是大牛小牛两兄弟，躺在血泊之中。而那家传的算盘已被砸，算盘珠子滚落一地，有好多已与瘀血凝在一起。

此案一直到新中国成立后方得以破案，此为俩人邀得的亡命赌友所为。

雾魇

  雾若纱帐,朦胧多日。陈墩镇与外界的客船已因雾停航多日。异乡画人在码头徘徊,雾误了他的归程。当日的航班没有丝毫的动静,异乡画人干脆在码头上架起画板写雾景。青瓦黛墙,湖湾船影,影影绰绰。

  忽有三两孩儿惊呼"救命",异乡画人搜寻湖面望去,隐约间,浓雾中,似有物体在水间翻动。

  异乡画人犹豫再三,然随着一声高过一声急迫的救命呼喊声,异乡画人顾不得脱衣,跃入湖中。雾气越来越浓,异乡画人跃入湖中后,便消失在浓雾中。

  半晌,三两个孩儿突然欢笑着,拿腔拿调地唱着儿歌,老街中隐约传来他们远去的欢笑声。

  异乡画人的画板一直孤零零地在码头边立着,直到有一阵冷飕飕的寒风把它刮倒、吹走，跌落在地的支架后被一个拾荒的老头捡走。老头捡的时候，嘴里嘀咕着什么。

说也奇怪，下午时，雾竟然退了，退去雾气的湖面白生生的似一张病人的脸。有人没事望湖，突然望见了湖面上的异样。过了半个来时辰，有人摇着小木船靠近水上漂浮的物体，一一打捞出水。码头石台阶上多了异乡画人和一个稻草人，像两具被人丢弃的道具。让人大惊的是稻草人上拴着一根细细的长绳，似乎藏着不可告人的阴谋。

异乡画人，镇上人大多见过，躺在石阶上神情平静，似不像有怎的异端。而稻草人，则是湖边粮库里的，原本一直在水泥场上驱鸟，是粮库里经典、经纬的杰作，远看几乎可以乱真。溺水的异乡画人、大可乱真的稻草人，诡异地漂浮在陈墩镇码头的湖湾里，让镇上人顿觉这场浓雾的惊悚。家家户户早早地紧闭门窗，一种不祥的预兆在古镇空气里游离。

县公安局佩枪的民警，开着小快艇带走了粮库里的经典、经纬。经典、经纬被带走后，俩人的名字一直被挂在镇上人的嘴上。向来小聪明、心高气傲的经典、经纬，常被镇上人视为异类，他们被带走，好多人，以不屑的口吻，数说着他们的不是，也有了该给他们一点苦头尝尝的说辞。尤其是有几个抽不到好烟的烟客，更是幸灾乐祸，说，凭啥他们一直抽上海香烟？

第二日，客船像往日一样起航，谁也没有看到两个鬼样少年是否登上了这唯一驶往县城的航班。他们是小学校里留级的鼻涕虫阿邱和斜眼阿令,两个常被人家欺辱也常欺辱别人的少年。一直到深夜,三家大人,还在逼问着常跟他俩在一起玩耍的阿品。阿品先是吞吞吐吐,继而胡言乱语,最后竟然癫狂起来,喃喃着"不是我不是我",神情呆滞,镇上的医生看过,说,还是早点送城北吧。城北是县里精神病院的代称。阿品被送城北的日子,是1968年8月8日。真相,也许是这三个顽劣少年在玩"狼来了"的恶作剧,然到此的结局还是让人一团雾水。

一转眼,十年过去。又一个雾气浓浓的早晨,镇上人终于看见了经典、经纬。他们走在古镇的小街上,脸容憔悴,满头华发,眼神躲躲闪闪的。然而,镇上多了好些陌生人,人们忙着赚钱,似乎并不关心他们的出现。

这时,陈墩镇通了公路,客船也早就停航了。昔日的轮船码头早已废弃,偌大的房子孤零零地铺展在码头边。镇上人都在传说,有一对异乡来的老教授买下了这一片老房子。房子闲置了一些日子,开始整修,砌了一垛仿古的围墙,红瓦改成了小黑瓦,似乎一下子与古镇拉近了一些距离。又后来,镇上人常见老教授夫妇相伴着在镇上湖边写生画画,默默地来去。

一转眼,四十多年过去。昔日码头房子改建的"异乡画人画廊"吸引了海内外好多慕名而来的异乡人。画廊里展示着九旬老教授毕生的画作。有的精致,有的狂放,有的让人难以捉摸。尤其后期画作中，多的是雾和稻草人。雾和稻草人，成了所有画中两个必备的元素，在水墨的浓淡与色彩的渲染中，千变万化，相辅相成，缠绕相依，先期是诡异、冷漠、狂愤的，中期是迷茫、飘忽、压抑的，晚期则是柔美、飘逸、平静的。大家都知道，这一如老画家多年以来愤懑、煎熬、无奈、救赎、宽容的心路历程。当然，还有几百幅异乡画人溺水前的获奖遗作、各地写生甚至小时候的绘画作业，足以领略一位年轻画家的艺术天赋。画家的英年早逝，让每一位参观者，心郁如堵。

这年临近春节，省电视台的寻访节目组走进了陈墩镇，受邀为两位九旬老人录制寻访节目。

四十多年前……那天，教授唯一的儿子在码头上徘徊，雾误了他的归程，他干脆在码头上架起画板写雾景时，忽有"救命"的惊呼声，遂跃入湖中救人……而此刻，两个少年阿邱和阿令正牵着稻草人的绳子，假装溺水……

那一场大雾以后，不仅教授的儿子死了，两个恶作剧少年也消失了，他们的父母在漫长的寻找中早已身无分文，靠乞讨为生，老教授夫妇俩却愿把自己画廊里最好的收藏作为酬谢，帮他们找孩子。

只是据说，阿邱和阿令的两位老爹，大年三十的晚上，没有回家，还在异乡苦苦地寻找。

废　院

清明前,大哥约我们兄弟姐妹在清明节那天一起回锦溪,说老宅的事要跟大家商议。大哥说,老爸走后,那老宅,已经渐渐成了废院,有好些人看中这废院,等着接手。我们兄弟姐妹七人,其实只有大哥留在锦溪,陪着老爸,一直到老爸终老。给父亲办丧事的那几天,我们一起回过锦溪,丧事是在老宅上办的,只是大哥请人在老宅上搭了几个雨棚,丧事办完了,大家也匆匆地回到了各自谋生的异乡,至于老宅、老院、老屋,大家都没有好好地看一眼。这里有我们过多心酸的记忆,我们谁也不想捅破那张尘封的旧纸。

清明节前一夜,我们陆续回到了锦溪,大哥把我们安排在锦溪宾馆。虽然我们有老宅,然已经好久没有住人了,大哥在电话里跟我们说,若是再不了断,那老屋说不成啥时就塌了,那院子也就成了真正的废院。

　　住下后,大哥召集我们先开个家庭会,大哥说的意思,其实电话里已经跟大家都说过了。二哥对大哥说:"我的意见,这院子归你吧,这么多年,你伺候老爸也不容易。"二哥早年到山东当兵,在当地转业后安排在税务局工作,在当地成家立业,一大家子,自然不会再回锦溪住了。姐也说:"我也是二哥这意思。"姐是早年插队苏北农场时离开家的,后来随姐夫在南京安了家。姐夫是七七级的大学生,毕业后,事业上发展得很好,也不用回锦溪住了。大弟,在上海有自己的公司,整天忙忙碌碌,这回不是大哥发了狠话,他还说要让弟媳代表呢。他自然不在乎这些,说:"听二哥和姐的。"小妹随着儿子在加拿大定居,自然也说放弃。我呢,说实在的,那么些年一直在外地瞎忙,知道大哥伺候老爸很辛苦也很尽心,我自然满口答应二哥和姐的意见。小弟一直没吱声,大家催了,才说:"我有另外的想法。"

　　二哥心里有点不爽,但忍耐着,嘴上问:"你准备怎么弄?"

　　小弟说:"我想请你们耐着心把我心里的话听完。"

　　姐说:"反正都是自己兄弟姐妹,你想说啥,今天尽管说。"

　　小弟说:"我最小,我是兄弟姐妹中最不懂事的一个,是家里事业最不成功的一个,也是整天惹老爸生气的一个。妈死的时候,我和小妹才几个月,我什么都不懂,什么事都不记得了。等我记事的时候,我只知道我家最不像家。同学中,我的衣服是最旧的，我的鞋子是最破的。爸从来不管我穿啥衣、穿啥鞋。我常常觉得很饿，饿得慌时，就去找爸，说，爸，我很饿。爸就领我去找吃的，在人家的店里赊吃的，有时人家不愿意赊，爸就跟人家说，过几日待手头上宽松了以后，就还上。爸也有手头上宽松的日子，宽松了就把赊欠人家的账还上。爸绝对不亏待我，只要手头上有钱了，就让我满镇上挑我喜欢的东西买了给我吃。海棠糕是我最喜欢吃的，爸一买买两个，看着我吃，吃得我满手都是黏糊糊的糖渍，然后他抓着我的手，把我手上的糖渍舔掉。人家都说我爸败家，起初我不知道啥叫败家。后来看着家里的东西越来越少，住的老屋越来越小了，才知道爸有多败家。他把家里稍微值一点钱的老木盆、老木桶、靠背凳子、八仙桌，一样样作了价卖掉。为了卖老东西，好婆一次次跟他闹，骂他败家。好婆骂，他还是卖。小东西卖完了，就拆了老屋一根根梁木、一捆捆椽子、一沓沓砖瓦卖。爸确实也够败家的，卖了东西有钱了，就像阔佬，给我买好吃的，弄得我小嘴老是馋馋的。"

小弟说着，屋里先是寂静，继而有人抽泣，最后哭声一片。姐哭着说："小弟，别说了，都是我不好，学校里搞文艺活动选上我，但爱臭美的我没有花裙子，我跟爸闹，不吃饭，闹得爸没法子，把西屋的梁拆了卖了。"

二哥也眼睛红红地说："那八仙桌是爸送我当兵时卖的，卖了三块钱，临出发前，爸把钱塞在我新军装里，说出门在外防个急。"

小妹抽泣得不行，哽咽着说："我看人家都有橡皮铅笔，非常眼红，我偷了爸一块钱，买了橡皮铅笔，害得全家没米饿了半天。后来，爸把院子里的老井圈给了人家，换了一堆山芋。"

小弟说："我想把老屋按早先的原样给修起来，把爸卖掉的老木盆、老木桶、靠背凳子、八仙桌，一样样觅回来。"

大弟是个爽快人，说："好，你弄，我支持你，钱，全我来！"

众人都说好，都愿意出钱。我也说好。

第二日，我们去老宅，那确实已成了一个废院。爸最后的几年，不愿意随我们哪个去异乡生活，自己在老院子里种些蔬菜、养些鸡鸭，自己享用，九十几岁了，还自己一个人住。要不是下了一场雪，摔了一跤，在床上躺了三年多，爸确实还可以活下去。爸去世后，院子里的草长得有一人高。只剩下一间的老屋里，是两张小床，大哥陪他走过了最后的三年多。

在老屋里，大哥迟疑着，说："其实，你们都不知道，妈过世后，有人给爸说成一个媒，那女的也愿意上我们家做我们的后妈，条件是让爸把双胞胎小弟、小妹送人，爸不舍得小弟、小妹，处了一段时间，就为这跟人家断了。所以，我们家虽然苦，兄弟姐妹七人都是爸拉扯大的，没有一个离开。说实在的，我也想修老屋，但上了年岁没这能力了，我会全力支持小弟。老屋修好了，我也会常常过来照应。你们在外也可有个念想，这是我们兄弟姐妹的根。"

李可的持枪证

四十年前,李可随外籍妻子到×国定居。三年后,李可申请到了×国的绿卡。拿到绿卡,妻弟跟他说:"你还得去申请一本驾照和一张持枪证。"李可一个激灵,说:"持枪证,我不要。我很规矩,我不会持枪。"妻弟说:"你规矩不规矩跟持枪一点关系没有,你办了持枪证不等于一定要持枪,到了有尴尬的时候,那是可以派上用场的。"

李可很顺利地申办了驾照后,又去申办持枪证。申办持枪证却非常麻烦,表格填了好多,又要参加政府指定的安全持枪培训。发证审查官又对他的个人所有信息,学历呀、经历呀、社会信誉呀、有没有犯罪前科呀,以及他所有直系亲属的社会信誉、有没有犯罪前科,都做了详细的询问审查。终于有一天,李可拿到了自己的持枪证。

在×国生活，很艰辛。李可是个男人，他要担负起养家的责任。他没有该有的学历，只能从餐馆洗碗工做起，辛辛苦苦，每月的工资，除了吃用，勉强维持生活。至于持枪，他想也没时间想。先是没钱，他不愿把辛辛苦苦挣来的钱花在这没用的物件上；再是居无定所，有了枪也没地方藏；再则整天在餐厅忙碌，根本没一点闲暇的工夫去玩这样悠闲的事。

学艺、积累、投资，他终于有了一家自己的中餐馆。自此，李可更忙碌了，整天惦记着店里的生意。然当他事业如日中天想再开一家中餐馆时，婚姻却走到了绝路，外籍妻子提出跟他友好分手。孩子随了妻子，但他得承担孩子的生活费，而中餐馆的一半资产也在这婚姻的动荡里归了前妻。

关了老餐馆，开了新餐馆，结交了新的伴侣，李可有了新的孩子。然又过了几年，事实上的婚姻又走到了绝路，李可新的中餐馆又缩了一半水。孩子又随了前女友，他又承担起第二个孩子的生活费。

可就在他准备开第三家真正属于自己的新餐馆时，一场森林大火，让他一贫如洗，还背了好多债务。他经历了一段是否申请破产的纠结后，最终还是开着半新的别克车，攥着仅有的五百多×元，离开了那个让他伤心的东部小镇，去西部试图寻找新的生机。朋友鼓动他重操旧业，然开业的启动资金却让他再次陷入绝望。茫然中，他走进了当地的一家银行，一贫如洗的他，掏出身上仅有的护照、驾照，最后在迟疑中掏出了那张持枪证。银行工作人员，反复鉴定核对他的证件，尤其是他的持枪证。看着工作人员严肃的表情，李可惴惴不安。过一会儿，一切出乎李可的意料，他不仅获得银行贷款，银行表示，只要他在本地投资中餐馆，还可获得更多的贷款。从银行出来，李可似在云里雾里，朋友跟他说："这是你个人信誉该得的回报。"李可反问："我只有护照、驾照、持枪证而已。"朋友说："这已足够了。"

在×国西部小镇，李可重新振作，把自己的中餐馆经营得风生水起，几年中规模扩大了两倍，即使当地的老外，也喜欢全家到他的中餐馆尝尝新口味。

在×国摸爬滚打了几十年，累了，李可有了落叶归根的想法。终于有一天，他带着变卖中餐馆的钱回到了老家，想伴着健在的老娘在老家颐养天年。然五十年代盖的老房子实在太旧了，李可便合计着拆了，盖一幢新房。然申请拆房和建房时，李可却遇上了难处。这么多年，李可一直在×国生活，家乡的变化实在大。原先的农场撤了；原先的村子，成了城中村。到了行政审批中心，李可傻眼了，一大沓资料，他什么都证明不了。人家让他去公证处。在公证处，要证明的文件更多，他没有，只能再回行政审批中心。李可很无奈，跟人家商量说："我只有护照。身份证，老的。驾照，英文的。"人家很坚决，说："这不行。"李可有点恼了，把不多的几个能够证明自己的证件全掏出来放在柜台上，突然想起什么，说："我还有一张持枪证,就这些,你们看着办吧。"行政审批中心柜台里的老大姐一听惊了,叫来了主管。主管二话没说,报了警,说:"有人出示持枪证威胁工作人员。"一会儿,刘警官带着助手来了,李可被带进派出所。

一问一答,李可把刚才的话,重复一遍,刘警官做了笔录。看了他的几个证件,刘警官没看出啥差错。再看持枪证,全外文的,没见过,不知如何处理是好。刘警官报告所长。所长问:"你有持枪证吗?"刘警官说:"有。"所长又问:"你是坏人吗?"刘警官说:"当然不是。"所长说:"这事不就很简单吗?"

刘警官让李可回家。

李可坦言:"我是千里迢迢专门从×国回家,可我实在没法证明现在的家就是原先我的家。我也没法证明现在的我,就是原先的我。几十年前的老房子,它早不是从前的房子了。它在那儿没变,可四周什么都变了。现在什么都证明不了,刘警官,您说让我如何回家?"

刘警官试图帮李可,请户籍警协助查询。一会儿,户籍警说:"你找的地址以前只是农场,基本空白,没法查找。"

李可说:"这就对了。当年,我爷爷他们八十户侨民,从×国迁回国时,是总理圈定的地方。我家老房子编号001,上过报。"

刘警官是个办事较劲的人,周末到省档案馆待了整整两天,找了当年的省报,在一份省报的头条,找到了那张标有

001新房的新闻老照片，上面有李可一家子，李可还小。照片和李可家的老房子一比对，正是。

李可办妥申请时，当刘警官面，把那持枪证给撕了。李可说："这证帮过我，也险些害了我，今天彻底没用了。"

随份子

墨紫从省师院美专毕业后,被分到陈墩镇中学当美术老师。学校开学第一天,镇上分管文教的董助理在凌校长的陪同下检查学校工作。经过教师大办公室,突然见里面多出一个大胡子长头发的人,董助理心里有些不舒服,问凌校长:"怎么能让社会上的人随便坐在老师办公室里?"

凌校长先是一愣,反应过来后说:"那是新来的美术老师。"

董助理脸一沉,说:"太不像话了。留这么怪气的大胡子长头发,怎么能进教室?"说着,气呼呼走了,把凌校长等人晾在走廊里。

董助理走后,凌校长觉得左右不是,想想不妥还是召集校领导开个会,专门讨论墨紫大胡子的事,最后商定由教导主任出面做做墨紫的工作。

谁料，董助理是个非常较劲的人，第二天去分管的医院转了一圈后又折回中学，专来看学校怎么处置大胡子。走到办公室一看，董助理气得火冒三丈，直闯校长室，也不顾校长的脸面，大骂一通，最后甩下一句"把全校所有的美术课都给我停了"，说着扭头就走。

董助理走后，凌校长似乎还在云里雾里，心想肯定又是墨紫那里出了事，让教导主任过去一看，真的出了大事。那墨紫，不但把一脸的大胡子剃了，还把一头浓密的长乌发也全给剃了，活脱脱像只脱了毛的大公鸡。

没办法，大胡子长头发惹怒了顶头上司，学校本来不多的美术课只能全部停了下来。墨紫工作的第一个学期就无事可干了。无事可干的墨紫整天待在办公室里也挺无聊的，就主动跟教导主任说从教师大办公室搬出去，自己整理了一间没用的杂作间，上班时就在那杂作间画画消磨时光。

墨紫的大胡子长头发长了又剃光了，剃光了又长长了，但似乎没再有人留意他的变化。只是学校的名册上有他的大名，发工资、发福利都逃不了他的份儿。有时，这名册也被移作一些特殊的用处，比如学校教职员工家里办喜事，每人手上都会收到一份帖子。发帖子，大家一般按照学校的名册，老少无欺。这是陈墩镇中学多少年来的规矩。陈墩镇人好热闹，办喜事叫上一大堆亲朋好友同事邻居，就图个热闹。邀请大家喝喜酒是约定俗成的，随份子当然也是应该的，大多是五元六元，也有三元意思意思的。墨紫在副科组，每回有人发帖子，总是由副科组组长送到杂作间里。墨紫总是那句话，要钱没有，送幅画吧。墨紫人不正经，说话还当真，人家办喜事那日总是送上一画。有正经画的，也有胡乱画的。不管正经画的还是胡乱画的，人家其实也都不是太当么一回事，只要喜事办得热闹即可。

学校里有个姓汪的化学老师，上课不咋的，但老师学生都看重他。他的儿子找了董助理的千金，董汪成了亲家，他在学校的地位也就升上去了。两家儿女结婚，邀请了学校里所有的教职员工。其实，汪老师跟墨紫并不熟，董助理压根也不清楚大胡子就叫墨紫。邀请的帖子是帮忙人按照学校名册做的，有趣的是被董助理打入冷宫的墨紫，竟然同时收到董汪两家发出的两份喜帖。墨紫其实也是个大度的人，说，两份就两份吧，多画一幅画而已。

董汪两家办喜事那日，墨紫托人送了两幅喜画，自己人却没去。

过了几天，董汪两家都到凌校长家里告状。董家收到的画上画的是几只萎靡不振的螃蟹，汪家收到的画上画的是几条毫无生气的烂鱼。两家恼了，说这墨紫分明是蓄意报复。因为有人这样解读俩画，一幅是影射董助理横行霸道，另一幅是攻击汪老师"烂鱼"充数。董助理当场把那蟹画撕了。凌校长把墨紫叫去办公室谈心，墨紫大呼冤枉，回杂作间找出两本名人画册。一比对，确实是模仿作品，人家名人的原作本来就是那样的。董汪两家哑口无语。

谁料想，董汪两家之间后来多了好多摩擦，先是儿女之间闹矛盾，继而亲家之间也闹得不可开交。汪老师指责亲家董助理："你就是法西斯，你就是横行霸道。"董助理也不再客气揭汪老师的老底："你就是'烂鱼'充数，你怎么混的学历骗得了别人可骗不了我，还教人家初中化学，简直是误人子弟。"实在闹得不可开交时，两家儿女终于离了婚。有人跟墨紫开玩笑，说："都是你的画惹的祸。"墨紫只能苦笑一下。

几年后，墨紫无奈中考取了母校的研究生，怏怏地离开了陈墩镇。十年中一路苦读到博士，后在母校教书。他的画作经常参加全国美展和国外展览，屡屡获大奖。知情人都说，墨紫的画将日日见涨。消息传到陈墩镇，陈墩镇好些人翻箱倒柜找墨紫当年的喜画。然当年墨紫只是一介落魄的老师，谁也不会想到他有今日，那些画早被当作废纸丢了。只是汪老师倒是个有心人，墨紫当年的那幅《"烂鱼"充数》，他一直藏着，孙子结婚前，他把它找了出来，委托一家拍卖公司卖了个好价钱，用这钱为孙子体体面面地办了个婚礼。汪老师得意中，还传出话去刺了那个老冤家董助理一下，说他那幅《横行霸道》若是不撕掉，也许还不止这个价，气得那个董助理真的七窍生烟。

相约钥匙桥

1948年9月的一个深夜,月高风清。小学老师周楠受命去周庄与人接头交换情报。周楠在自己学生的精心安排下,借了条小渔船缓缓地靠近约定的接头地点。

钥匙桥下,两条小渔船缓缓地靠在一起。两个"渔民"隔着船舷,对火抽烟,聊了几句渔事,正合接头暗号。周楠拿出一把老式铜锁,对方拿出一对铜钥匙。周楠接过钥匙,一试,手里的锁被轻巧打开。两个人忍不住把手握在一起,轻轻地互唤了声"同志"。交换了情报,周楠抑制不住内心的激动,说:"同志,新中国就要成立了,我的孩子也即将出生了。到时候,我们能不能在这里再次相会?"对方竟也激动地说:"我的孩子也即将出生了。我们再次相会的时候,就带上自己的妻子和孩子。"周楠又说:"如果我们生的都是男孩或女孩,那就让他们结为兄弟或姊妹。"对方说："如果一男一女，那就让他们结为娃娃亲。"周楠说："好的。"对方说："一言为定。暗号，新中国万岁！时间，十年后的明日中午。"周楠说："好的。信物，就这对铜锁和钥匙吧。"俩人各取信物，再次握手，互道保重，相继摇船缓缓地离去。

1949年3月，江南解放。10月，新中国成立。小学老师周楠从暗处走到明处，被新成立的人民政府任命为北乡第一任乡长。周楠经常背着盒子枪下乡做群众工作，非常忙碌和艰辛。工作之余，他老是想起周庄接头时遇见的地下党同志，只是不知对方姓啥、名啥，天又黑，也只大体记得对方的模样。不知道他怎么样了？

第十个年头，已经是县委副书记的周楠，大儿子已经读小学了。9月那天，他带着妻子儿子，专门去了一次周庄，早早地守候在钥匙桥上，手里拿着那把铜锁，桥石栏上放一张写有"找同志"的白纸，然苦苦等到天黑，对方一直没有出现。周楠心里蒙上了一层阴影。

之后，周楠的工作一直在变动，职务也在慢慢朝上升，工作总是很忙。然不管再忙，到了第二、第三个十年约定的时间，他总提前准备着，带上妻子儿子早早地守候在钥匙桥，一直到离休以后还是如此。这一约定，他苦苦守候了整整六十多年。

九十一岁高龄的周楠，有一回，看东方电视台寻亲节目时，跟业已退休的大儿子说："解放呀，你想法跟电视台联系联系，了了我一生的心愿。"大儿子叫周解放。

周解放联系了东方台,节目组专门到周家,根据老爷子的回忆,到周庄拍了一段模拟情景视频,让周解放做了一回替身。三个月后,节目组让周解放陪着老爷子赶到电视台做现场节目。只是,老爷子不慎摔伤了膝盖在家卧床休养,没法去,只能由周解放代表了。

现场直播很顺利,放了视频,周解放就等着即将出现的激动人心的瞬间。然现场又播了一段视频。那是一段节目组的寻访实录。主持人介绍:"我们节目组在接到周楠老先生和他大儿子周解放提出的寻亲请求后,进行了寻访。首先,我们通过周老先生提供的线索,翻阅了当地的党史资料,知道当年与周老先生接头的也是一位小学老师,他叫刘平原,是上海地下党组织派来的。我们进一步寻访时,了解到,刘平原那次接头时,组织内出了叛徒,多名党员被俘被害。刘平原因为到周庄接头,逃过一劫。只是当时形势非常复杂,他所在的小组几乎被全部破坏,没有第二个人能够证明他的清白,新中国成立初期的几年间他一直在接受组织的审查。后来,他被安排在上海的一家工厂做普通的工会干部。到了1966年,刘平原的历史问题又一次被人翻了出来,他被送到苏北老家劳动改造,全家也都跟着去了。整整十来年中,刘平原向组织写了整整一百多万字的历史问题交代。这些资料,都已全部移交到了党史档案馆。我们抽阅了部分书面文本,能够从中感受到一位老地下党员对党的赤胆忠心。二十世纪七十年代中期，刘平原重新回到上海，恢复了工作，八十年代初期，刘平原光荣离休。只是，非常可惜的是，离休后没几年，刘平原身患绝症。弥留之际，他向家人说出了牵挂一辈子的一个秘密，就是当年在周庄钥匙桥下的约定。他不知道对方姓啥名啥，唯一的线索就是约会的时间、暗号和信物。现在，节目组和周老先生提供的约会时间、暗号和信物对比。完全吻合。"

现场，掌声响起。

主持人接着说："我们欣喜地告诉大家，刘平原先生当年生的是女儿。大女儿叫刘媛媛，大学退休老师。我们已经联系到了她。前一段时间，她在加拿大女儿家照顾外孙女。为了做我们这场节目，她专门从加拿大赶了过来。"

全场，掌声雷动。

幕布缓缓拉开，一位外表端庄、外秀内慧的女子款款步入现场，手里攥着一对锃亮的老式铜钥匙。周解放愣住了。"呀，是你呀？"两个人相拥在一起。却原来，他们是七七级首届高考时的大学同学，同窗四年，友好交往了几十年。

试锁，一下子打开了。

全场欢呼，掌声经久不息。

电视机前，周老先生喃喃着当前的约会暗号，"新中国万岁"，早已热泪盈眶，泣不成声。

追部队

1949年4月的一天夜里,驻在丰镇的部队突然开拔了。一夜之间,几千人的队伍一下子走得没了踪影。

我爷爷半夜里觉出门外的一些异常,天没亮便赶了个大早,穿街走巷,只有出奇的安静,往日来来去去穿军装的竟然一个也没见到。

我爷爷急了,匆匆又赶往三里地外的五谷树村。果然不出我爷爷所料,驻在这里的华中大学二支队也开拔,不知去向。我爷爷悄悄跟村里的老乡打听,老乡们都摇头,说:"部队上的事,我们老百姓不知道。"

我爷爷一下子预感到,部队一定是朝江边集结了,解放大军马上要强渡长江了。想到这儿,我爷爷的脑袋一下子炸了,一句窝在心里好久的话,一直没逮住机会讲。这回糟了,部队开拔了,我爹、我二叔、我三叔也随着开拔的部队一起走了。

我爷爷幸亏随身带了些盘缠，也顾不上回家说一声，拔腿就朝江边赶。走了不多时，就遇上南进的大部队，一支接着一支，又是大炮又是重机枪，还有一队队战马，黑压压一大片。我爷爷想打听，只是与远路赶来的部队根本没法对上话。

我爷爷也是个机灵人，从部队装备上厚厚的尘土、略有差异的军装、各种不同的枪械上，大体看得出他们是长途跋涉而来的野战部队，还是新组建的新兵集训队。我爷爷曾见过仨儿的集训支队，穿的都是新发的军装，挎的大多是盒子枪。

入夜，有的部队临时驻扎，有的部队继续挺进。

我爷爷在部队驻扎的村外转悠，被巡逻的士兵当成奸细逮住了。

巡逻的士兵把我爷爷送到部队首长那里。首长问："你老在我们部队跟前转悠干吗？"

我爷爷说："我仨儿在你们部队上，我找我儿子。"

首长一脸严肃，说："现在是非常时刻，我可以相信你的话，但是部队纪律不允许你在我们营地外转悠。你不经我们允许，不能离开这里一步。"我爷爷被软禁了，跑了一天半夜，我爷爷又饥又渴。看管我爷爷的士兵，取来吃的喝的。我爷爷谢他，他却一脸严肃，没接我爷爷的话茬儿。

我爷爷没有办法，只能睡觉等天亮。一觉醒来，部队又开拔了。我爷爷又拔腿继续朝江边赶，谁料想，走得急竟把脚脖子给崴了，一瘸一拐的没法走路，只能花钱买了头小毛驴。

这样也跑得快了,我爷爷就来来回回专找丰镇上出去脸熟的新兵。我爷爷在镇上是个有脸面的长者,他曾动员了成百的年轻人穿上了军装。他想一定会遇上脸熟的小同乡。

我爷爷一路赶到黄桥,果真遇上好多脸熟的新兵,有个是我爹小时候的同学,他说,我爹他们华中大学二支队很有可能到了白朴。

我爷爷听说了,日夜兼程朝白朴赶。

终于在一天傍晚,我爷爷追上了二支队。只是当我爹看见我爷爷一副落拓的样子出现在营地外的时候,有点不知所措。

我爹跟我二叔、三叔商量,说:"万一爹是来拖后腿的,我们就难堪了,还是躲着不见为好。"

我爷爷知道我爹他们仨在营地,然我爹他仨就是躲着不出来。其实,按部队纪律也不允许他们出来。

我爷爷只能骑着头灰不溜秋的小毛驴在部队驻地外转悠来转悠去。时间长了,惹起了巡逻士兵的警觉。眼看天要黑了,巡逻士兵见我爷爷还在营地外转悠,一合计,把我爷爷当成奸细给逮住了。

巡逻士兵逮住我爷爷,把我爷爷送到支队首长那里。

审讯我爷爷的支队首长还是那样问:"你老在我们部队跟前转悠干吗?"

我爷爷说:"我仨儿在你们部队上,我找我儿子。"

首长一脸严肃,也是那样的话,说:"现在是非常时刻,我可以相信你的话,但是部队纪律不允许你在我们营地外转悠。你不经我们允许,不能离开这里一步。"

我爷爷想,心里憋着的那句话再不说,就真的没机会说了。在首长即将起身时,我爷爷说:"我仨儿子是丰镇入伍的马家三兄弟,他们都在二支队三组。我跑这么多路追你们部队,其实不是来拖他们后腿的。我只是想求你们一句话,能不能把他仨不要放在一条船上。"

首长说了一句"这是部队内部的事",头也没回,走了。

我爷爷又被软禁了,只是他把憋了好久的话终于说了,心里开始释然。

我爷爷又被软禁了好几天,腿脖子肿得厉害,也正好养伤。

一天夜里,我爷爷突然被震天撼地的大炮轰鸣声惊醒,只觉大地在颤动。揪着怦怦乱跳的心,支撑着出门外一看,只见十几里地外的长江上空,红彤彤一大片,且一直向远处延伸,就像整条长江在燃烧。

门外看守的士兵早没了踪影。

那炮火,经久不息。

天亮了,我爷爷回屋,蓦然见破桌上留有一个信封,方才没留意。

我爷爷展读信笺。

老乡：

你的三个儿子，经培训选拔，已被分配到了随军粮秣、体育新闻、地方团委三个不同的岗位，被编入三个不同的野战部队，上了三条不同的战船。

没有落款。

我爷爷藏了信，骑着小毛驴，背对着炮火，慢慢地往丰镇走。一直走到听不见炮声。到了家，我爷爷在床上躺了几个月。之后走路，也一直撑着拐杖，一瘸一拐的。

几个月后，我爷爷陆续收到了我爹、我二叔、我三叔报平安的家书，悬着的心才放了下来。

被拒签的父亲

李小兔读书那时，相貌平平、家境平平、功课平平，是个不显山不露水的人。也许，他爹妈给他起了这个怪怪的名字，过了四十年，大家还依稀记得他。其实，他连初中都没有读毕业。父亲生病，家里欠了人家好多钱，他舅舅早早地带他外出学手艺。将走的时候，他舅舅带他来学校，帮学校修了好几天破旧的课桌，没要学校一分钱。校长挺感激，给李小兔补了一张初中毕业证书。校长还破例让李小兔和大家一起拍毕业照。然李小兔像小姑娘一样忸怩着，结果那毕业合影里，还是没他的身影。

其实，李小兔的辍学，最牵挂的还是教英语的田老师。那时过来的人都清楚，1970年的乡镇初中英语课堂，那是一个多么萧条惨淡的局面。几乎所有的学生都不知道，这拗口的洋文有啥用。每一堂英语课，学生都吊不起精神来，整个班级的学生哈欠连天、恹恹欲睡。田老师早已习惯了这种氛围，只要学生不闹腾，她就求之不得了。然而，李小兔却不同，他喜欢英语，他对于英语似乎有一种特殊的嗜好。他模仿田老师的发音，他有声有色地跟着田老师朗读课文，他与田老师一来一去问答。每一堂课，田老师似乎为他而教，只要李小兔学会了，田老师便开始教下一节新课。每次英语书面或口语测验，李小兔总是全班最好。原先，英语课代表不是他。后来，田老师跟班主任汤老师说，换李小兔吧。汤老师同意了，原先的课代表也乐得卸下这累赘。李小兔辍学后，这个班级就没有英语课代表了，大家浑浑噩噩地混到了初中毕业。

　　李小兔辍学后几年，他爹生病去世了，他学手艺也出师了。出师后的李小兔，大部分时间还是跟他舅舅外出做手艺活。也许跟校长有过某些口头的协商，李小兔每年都会花一些时间为学校无偿修补课桌凳。修补课桌凳的那段时间，是李小兔最快乐的时候，他能够隔墙听老师教英语，尤其喜欢听田老师上英语课。田老师在那边念课文，他就隔着墙在这边跟着一句句念。这些英语课文，他已经念过不知多少遍了，他已经不用课本而烂熟于心。学校没有钱，他去帮学校修课桌凳，都是无偿的，最多中午学生大食堂里为他留一份米饭一碗咸菜冬瓜汤。为此，他娘常常跟他怄气。家里，上面有阿爹、好婆需要供养，下面妹妹还在读书，爹过世前欠的钱还没有还清。娘怄气，李小兔就不声响。只有当娘要把他的那些英语书丢掉时，李小兔恼了，跟娘耍牛脾气。每回都是他舅舅过来平复事态的。

私底下，李小兔的舅舅跟姐姐说："这小子读洋文脑子读坏了，只能随他去。"

到了李小兔二十二岁那年，李小兔的舅舅把他们村二十六岁的黄小兰与李小兔撮合成了一对。黄小兰家成分不好，家境也不好，老大不小了一直找不到婆家。黄小兰嫁到李家后，也不能嫌弃啥，就是李小兔迷洋文冷落她让她有点受不了。为此，她也常常怄气。

李小兔结婚第二年，黄小兰给他生了一对龙凤双胞胎。李家本来家境不好，一下子添了两个小孩，日子过得更窘迫了。婆媳俩合伙不让李小兔再去学校无偿修课桌凳。李小兔的牛脾气又来了，摔着家伙说："要我不吃饭可以，要我丢英语，没门儿！"

李小兔的一对双胞胎一天天长大，李小兔竟然在小孩子身上想出了馊主意。俩孩子自己的汉语还没学会几声，李小兔就已经教他们学起了洋文，弄得俩小孩整天"依哩哇啦""nois"的，不知道他们说啥。

后来，村里人私下里都说，成分不好的人家生出来的孩子好像特别聪明。李小兔那俩双胞胎，读书真的特别聪明。学校教汉语、英语，他们一学就会，再加数理化，门门功课都出类拔萃。

为了赚钱养家，李小兔其实也没省过心。吃手艺饭，靠的是勤快。李小兔常常天不亮就出门，天黑了才回家。一回家，头一件事，便是找英语书。其实，李小兔家里其他书没有，英语书不少。田老师常常送他各个年级版本的英语教科书。校长常常把学校里没人看的英语书送给他，也算抵工钱。更有几次，李小兔见收旧货的人手里有英文旧书，心就痒了，即使掏空身边的零钱，借了钱，也要把那些人家不要的洋文书买下来，一有空就翻着破旧的小词典一句句津津有味地读，得意时便大声朗诵出来，弄得周围的人，都用异样的眼光看他。

几十年过去了，李小兔的儿子大学毕业后，选择了出国留学。其实，他儿子也清楚自己出色的英语基础，离不开父亲从小的熏陶。儿子勤工俭学，在异国获得了绿卡。儿子也清楚，自己的父亲大半辈子喜欢英语，然真正用英语的机会，一次也没有碰上。儿子有意出钱让父亲出一次国门，也算对辛苦大半辈子的父亲的一次回报。李小兔兴冲冲办了护照，去那国大使馆办签证。李小兔粗壮的身材、初中的学历、一口流利的英语，还有一双粗糙的大手，让异国面试官迟疑好久。最终，李小兔还是被拒签了。

又过了几年，女儿硕士毕业也考取了异国的博士，获得了较丰厚的奖学金。怀着与哥哥同样的感恩理由，李小兔的女儿也提出让父亲出一次国门，提供一次说说英语的机会。李小兔又兴冲冲地拿着护照，去那国大使馆办签证。他吸取了上回的经验，签证官用英语问他，他只当听不懂。结果，还是被拒签了，原因有点出乎李小兔的意料。他的十个手指，特别粗糙，指纹都是残破的，根本没法提取有效的指纹。其实，这是他多年辛苦劳作的结果。

当女儿在电话里听到这一结果时，哭得泪人一般。然李小兔却挺坦然，跟女儿说，这又不是啥大不了的事。李小兔跟女儿通话时，陈墩镇土话里还夹着英语。

被侮辱的母亲

李嫂是个水灵灵的女人，她绾着发髻的头发常常乌黑发亮。李嫂家院子的篱笆是高大的槿树丛。深绿色的槿树叶子是李嫂一年四季用来护理乌发的好宝贝。李嫂的肤色很白。她从来不下田，她忙碌的身影只是在自己家的场前院后、灶前灶后。

李嫂是秦冬梅的娘。同学们都知道，李嫂跟秦老墙生秦冬梅之前，已在邻村跟其他男人生过一个儿子。在乡下小孩天真的思维空间里，一个跟两个男人生过孩子的女人，名声自然不好。

李嫂自己说，生女儿秦冬梅时生坏了腰，所以从来不下水田。按理说，不下水田的女人是银泾村最有福气的女人。然李嫂却是村里人所鄙视的女人。谁都说，李嫂装样、贪吃、懒惰，她成了全村人茶前饭后的谈资。

其实，改嫁是李嫂一辈子的耻辱。

听老人说，李嫂原先的男人家穷得实在揭不开锅了，李嫂就拿着结婚证逃了出来。有人说媒，让李嫂跟了秦老墙。秦老墙种田有能耐，家里有一点存粮，搅着杂物吃，一年下来，不但养活了李嫂，还生了个女儿。

在乡校，孩子们常常去惹秦冬梅，说她娘的坏话，说她还有一个野哥哥。秦冬梅在乡校里受了委屈，就憋气不来上学，她爹知道后，就来学校为她出气。秦老墙很蛮，而孩子们都装傻说没说。大人也不能平白无故地欺负小孩。就这样，欺负秦冬梅的事往往不了了之。孩子们稍微收敛一段时间后，又开始肆无忌惮。

秦冬梅受不了乡校里的气，五年级那年就再也不来上课了。

那时的村子，很少娱乐的事，大人没事在一起就传说李嫂原先男人家的事。说是那男人生病死了，李嫂的儿子没有去处。李嫂想把他的儿子接过来，但是秦老墙不允。秦老墙跟李嫂结婚前，已有两个儿子，前头的女人生病去了，李嫂成了他们的晚娘。两个儿子都不肯开口叫娘，一家人似两家。秦老墙是个有主见的人，自然不允李嫂把自己的儿子接过来。就这样，李嫂的儿子成了孤儿，被民政部养着。

李嫂有时去原先的村子看看儿子，回来后人前人后说说儿子的好事。政府养着，吃穿不愁，读书又好，非常争气。村里人听了，说娘活得好好的，儿子成了孤儿，还到处宣扬，真是臭不要脸。

到了1992年冬季，银泾村突然来了个穿新军装的小青年。村里一下子轰动了，河的两岸都站满人瞧热闹。说那就是李嫂那边的儿子，高中毕业了被部队招去当兵。李嫂的儿子匆匆来又匆匆去，只吃了一顿饭揣着几枚鸡蛋走了。

参军的儿子来过以后，村里人似乎对李嫂的态度有些改变。有人说他儿子像李嫂，人长得标致，可惜摊上李嫂这样的女人。

参军的儿子常常写信过来。李嫂不识字，秦冬梅小学没毕业，认字不全，只能大体读懂一些。儿子在部队挺出息，新兵训练时就受了表扬，后来分到野战部队，当了班长，立了三等功，被推荐上了军校。

秦冬梅后来出嫁了，李嫂儿子的信没人读了。李嫂为了请人读信，常常赶到乡校，等老师下课了，给她读。有人私底下说，其实，秦老墙的两个儿子也识字，但他们就是不给她读，他俩压根不把她当一家人。

又过了几年，李嫂儿子的信突然断了。李嫂天天在院角上等邮递员经过，但邮递员一直让李嫂很失望。李嫂问邮递员："我儿子的信会不会丢了？"邮递员说："不大可能。"李嫂又问："会不会我儿子出了啥事？"邮递员说："我们只管送信，部队上的事我们不知道。"邮递员让李嫂去镇上人武部问问。李嫂去了，镇人武部干事也同样回复他。

儿子断了信，村上人发觉李嫂一下子苍老了许多。李嫂每日坐在院角等信，人呆呆的，满头的花发变得蓬松而凌乱。终于有一天，李嫂坐不住了，又去镇人武部问人家："是不是我儿子出事了，没了？"人武部干事挺小心地说："不会的，万一这样，人家部队会送证书过来的。"

回家后，李嫂病了，一病病了好久。女儿秦冬梅断断续续回家看看。平常时，李嫂支撑着自己弄点吃的，维持着一天天漫长的日子。

其实，秦老墙也老了，随着大儿子过日子。秦冬梅几次都要把李嫂接过去，李嫂不愿，说她走后儿子的信就接不到了。说也奇怪，病了好久，也没吃啥药，李嫂的身子竟自己康复了，虽说人很瘦弱，但还能场前院后忙活种些蔬菜，自己烧些吃的，一天天这样慢慢地度过。

突然一天，李嫂村前村后逢人就说："我看见儿子了，在电视里。"有人看电视重播，看见电视里有一个军人在诉说自己的人生经历，那军人几十年隐姓埋名从事军工研究，为部队研究现代化装备，填补了世界空白。只是他说忠孝不能两全，愧对自己的老母亲，三十年没有写过一封信。母亲从小是个童养媳，常被人瞧不起，她说，人穷，不能没有志气。母亲的教育，让他发愤励志。

李嫂说，那是她儿子。九十多岁的李嫂，眼睛不花、耳朵不聋、脑子不糊涂，不像在说胡话。

不久，李嫂的儿子真的来了。市人武部的干部陪着。李嫂的儿子跪在娘面前，哭得泪人似的。

李嫂没哭，说:"儿子，我有脚有手的，活得好好的，没事。"

传口信

锦溪七社区大多是做小生意的人家。做小生意的人家，大都孩子多，家里琐事多，而能够照应家里的时间却不多。

一日，王二妮娘摇着啪啪船要到乡下去做小生意，临出门时，突然发现王二妮上早班时，钥匙没带。王二妮爹出了远门，两个兄弟一个在县里读书，一个跟在船上，没有带钥匙的王二妮下班回来就没法进家门，而王二妮娘一出门去了乡下，不知要到啥时候才能够回家。

王二妮娘摇船摇到十眼桥，瞧见配钥匙的扬中老钱往老镇上去。王二妮娘便大声喊过去："老钱，你帮我捎个口信，叫王二妮回家时，到隔壁丁阿婆家取钥匙。"

老钱眼不花耳不聋，听得真切，爽朗地回应着，挑着钥匙摊往镇上去。老钱一边在镇南横街的长廊里摆下钥匙摊，一边留意熟悉王二妮的人。

此时,正好供销社的裘会计上班经过钥匙摊,在老钱钥匙摊边的海棠糕摊上买早点。

老钱让裘会计帮王二妮娘传口信。裘会计答应着。裘会计是苏州老插队青年,结婚后留在锦溪镇上当会计,一口糯糯的苏州口音,听上去心里暖暖的。

裘会计买了早点,急匆匆径直去供销社,正好是月底,她手头上的事,特别忙。半道上,裘会计遇见杀猪的小周,正好让小周传口信。小周本来每天这个时辰是要去肉店的,然不巧,小周要去乘轮船,没法到肉店里去传口信。

小周说:"裘阿姨,没事的,我来传过去。"

小周去乘轮船时,遇见老虎灶上的大杜。大杜,盐城人,身高马大,声音洪亮,就是有点口吃。大杜正好去买肉,半路上遇见自己的老婆,老婆跟大杜悄悄说,不用去了,待会儿有人帮着带过来。大杜急了,说王二妮的口信还没传到呢。大杜老婆说:"我让珍宝去取肉,她取肉前会先过来取肉票。"珍宝和王二妮是最要好的小姐妹,珍宝是福建人,随着当兵转业的老公来了锦溪。

王二妮娘的口信,传了大半天,终于传到了王二妮那里。

王二妮是镇上供销社肉店收款员。上半天,正是肉店最忙的时候,排队买肉的人围了几大圈。几位切肉的大师傅,一个个忙着照应着一只只伸上来的竹篮。接了肉票和钱,用沾满油腻的铁夹子夹了，飞传到账台上方。

王二妮坐在账台后，一一取下铁夹子上的钱和肉票，把找的零钱，快速传回。

珍宝过来取肉、传口信，正是王二妮最忙的时候。珍宝的传话，在卖肉和买肉人的吆喝声中断断续续传过去。

珍宝喊："王二妮，你娘传口信，隔壁丁阿婆过生日，叫你去！"

王二妮一边忙着手里的事情，一边应着："知道了！"

卖完肉，洗刷好肉店里的一切，王二妮突然想起娘传来的口信。王二妮有点奇怪，隔壁丁阿婆过生日，怎么要传口信给她？传口信给她要她干吗，又没说。

过生日，定是要买点肉，但店里的肉全卖完了，只有主任事先留的两斤好肉，还没取走。王二妮自作主张，拿了两斤好肉，买了两斤水面就回了家。

回家先去丁阿婆家。丁阿婆七十几岁，儿子在新疆当军官，很少回家；女儿出嫁到扬州，来回得两天，平时也很少回家。丁阿婆一人在家吃喝不愁，手勤腿也勤，帮邻里收个衣服、看个小孩是常事。王二妮家呢，就跟丁阿婆贴隔壁，家里的琐事都让丁阿婆照应着。王二妮自然得谢丁阿婆一番。

煮了大块的红烧肉作浇头，下了红油面条，给丁阿婆过起了生日。

丁阿婆很奇怪，问："二妮，你怎么知道我生日的？"

王二妮说:"我妈传口信过来的。"

正吃寿面,三三两两有镇上人家过来给丁阿婆送长寿面、定身糕、红糖、枣子、花生,更有阔气的送来了热水瓶、铜脚炉、搪瓷脸盆、棉花胎、钢精锅子、搪瓷痰盂,花花绿绿一大堆。

丁阿婆不安了,说:"这,这怎么是好。我没过生日呀!"

其实,来送生日礼物的大多是丁阿婆原先的邻居,有的人家人口多了,从原来住的地方搬了出去,一听说丁阿婆过生日,一传二,二传四,传得几乎全镇都知道了。这些邻居以前都受过丁阿婆的悉心照应,更有好些孩子就是丁阿婆一手带大的。一家家来祝寿,也是一番小心意。

祝寿的人渐渐散去了,丁阿婆坐立不安。找王二妮娘,说:"我这一大堆东西,吃又吃不了,用也用不了,你干脆随手帮我卖了。"

王二妮娘看看也确实吃不了用不了,也就帮她卖了,一分不少地交到丁阿婆手上。谁料想,那年过年,丁阿婆由回家过年的女儿陪着,一家家给孩子送压岁钱,加了不少自己的体己钱。雪天路滑,丁阿婆不慎滑了一下,摔伤了骨头,住进了医院。

王二妮娘知道丁阿婆住了医院,便开始埋怨女儿来,说:"二妮呀,你怎么嘴这么快,丁阿婆过生日,说得全镇都晓得?"

王二妮有点委屈,说:"妈呀,我正想说你呢,丁阿婆过生日,你非要传口信给我干吗?家里说不行吗?弄得全镇都惊动了。"

王二妮娘想了想说:"没有呀,那天我传口信是叫你回家时,到隔壁丁阿婆家取钥匙。"

王二妮娘俩这才知道传口信传错了,害得丁阿婆好一阵折腾,心里歉疚,终日陪在阿婆病床边。这些日子,也时常有老邻居过来送新鲜的鱼肉汤和肉骨头汤,把丁阿婆养得好好的。

赶场子

　　疲惫的小琴爸带着同样疲惫的小琴走进弈香咖啡馆。小琴习惯靠墙角的半圆沙发，这是她一贯的选择。只是屁股还没沾沙发，小琴的眼皮就耷拉起来了。

　　这弈香咖啡馆是他们父女俩寒暑假和周末来回奔波赶场子的最后一个中转站。小琴已经记不得多少回在这里打盹儿、用简餐了，仅有的几样炒饭，小琴已经吃厌了。然这最后的一站，小琴爸别无选择。这里离小琴晚上七点的西班牙口语小组会话课老师家最近，又能免费停车一小时。送了小琴，小琴爸自己还要赶少年宫八点的素描课。

　　从小学一年级开始，小琴便开始这样赶场子。先是钢琴、游泳、舞蹈，后是汉语应试写作，再是英式英语口语训练，现在是西班牙口语训练、奥数和英语托福。不同的课程、不同的场地、不同的老师，小琴所有的寒暑假和周末都被她爸排得满满当当。小琴爸先是踩着自行车接送，接着开着"小木兰"接送，现在是开着小别克接送。小琴赶场子其实很烧钱，这么多年小琴爸在小琴身上花了多少钱已经没法算了，唯一安慰的是小琴在班里、年级里、学校里，各科成绩都是名列前茅的，各项技能都是出类拔萃的。有几回学校里选拔优秀学生去海外对口学校交流学习，小琴总是榜上有名。这让小琴爸很骄傲。

小琴爸是个小学美术老师，早年想读书时，在乡镇上，没有轮上好的学校，初中毕业勉强考了个中等师范学校，学的还是很冷门的美术专业。那些年，教师工资低，小学美术老师尤其没人看重，小琴爸一直处在郁郁不得志当中。恨就恨自己读书太少，便趁当小学美术老师特别清闲的机会，到了几所有名的美术学院、大学进修，一修修了个博士，得了一些奖，名声在外。而他却还一直是小学美术老师，他课余辅导学生，从小训练他们的美术基础。这些学生，小学毕业后还一直跟他补习，后来好多考上了美术名校。其间，曾有好单位让小琴爸去，然这几年小学老师的工资待遇上去了，当小学美术老师又有清闲的工夫可以出去兼职，给少年宫、画院、画廊、富裕人家子女当辅导老师，寒暑假和周末，便在这些场子轮流转。

小琴和小琴爸这些年的生活轨迹就在这赶场子的线路和中转站上交叠。小琴爸辛苦赶场子，赚了钱又花在小琴身上，让小琴能够底气十足地赶另一些场子。而当小琴爸妈离婚后，小琴爸更是兢兢业业于赶场子上。这是他人生最大的向往。

小琴太累了,为了赶早上的奥数,她起了个大早。原本一小时的路程,为防路上堵车,小琴爸还是把出发时间提前一小时,这样,原本不需要起得很早,却起得很早了。小琴没睡醒,屁股一沾沙发就睡着了。

小琴爸一边吃着简餐,一边整理着小琴的资料,排着第二天赶场子的时间表、线路,以及自己给学生辅导的课件安排。

咖啡馆老板过来打招呼:"秦老师,你每天都这么用功!"

小琴爸笑笑,说:"没办法,现在的孩子耽误不得,我是吃过亏的人。"

老板说:"那里呀,你是名人了,哪里吃过亏呢。不像我们没有文化的人,做个小本生意,一年赚不了多少钱。"

小琴爸说:"我更没赚了,全花孩子身上了。"

老板说:"孩子太累了,你这样赶孩子,其他人家的孩子别想赶上你家的孩子了!"

小琴爸浅浅地笑一下,又埋头做事、吃饭。习惯忙碌的人,连吃饭的一点工夫都看得很重。

一会儿,老板又过来说:"秦老师,你女儿在说梦话。"

小琴爸抬头看女儿,果然女儿像在说梦话。

又一会儿,老板过来说:"你女儿在说胡话。"

小琴爸一脸疑惑,迟疑片刻,走到女儿身边,摸了一下女儿的脸庞,烫烫的。小琴爸推醒小琴,问:"你怎么啦?"

小琴支吾着说:"我太累了,想睡一会儿。"

小琴爸一看时间,急了,小琴晚课的时间到了,小琴仍昏睡着。小琴爸顿时左右为难。

又过了一段时间,小琴仍昏睡着,而小琴爸赶最后一个晚课的时间也到了。小琴爸不再犹豫了,跟老板说:"先让我女儿在你这儿睡一会儿,我去去就来。"

小琴爸开车赶到少年宫,走进素描课小课堂,里面竟然一个学生都没有。一会儿,少年宫老师过来说,几个孩子的家长都打电话来,说自己的孩子突然感冒了,真有这等巧事。

小琴爸马上转身赶回弈香咖啡馆,拉上迷迷糊糊的小琴往医院赶。看了急诊,医生说患了急性感冒,让在医院里打点滴。

小琴爸拉着仍迷糊的小琴打上了点滴。一直到凌晨一点多打完点滴,才回到了停在医院停车场上的汽车上。

小琴爸实在太累了,安顿女儿在后座上躺下,调好手机闹钟,屁股一沾汽车座椅,人就呼呼睡着了。

半夜,小琴突然醒来,看着酣睡的爸爸,偷偷地取了爸爸的手机,把手机调成了静音。

小琴实在受不了早上爸爸手机的闹铃声。

河豚王

陈墩镇四周，湖泊众多，河网密布，离镇不远处的淀泖湖中产有河豚，尤产一种头圆嘴小无颊无鳞腹白背有淡褐色纹点的河豚，叫斑子。此为河豚中的极品，毒性更剧，中其毒，无解药，然此鱼肉质细嫩尤为鲜美，常令嗜好河豚的人甘愿冒生命危险而欲罢不能。掐指算算，最近几十年中，淀泖湖一带被斑子河豚毒翻的人确也不少。陈墩镇人把这鱼称作河豚王。

镇上，有一个叫阿隆野鱼馆的饭店专做野生河豚，擅长烹制斑子河豚。其实，饭店里也唯有老板兼大菜师傅的阿隆能做这样的河豚，此美味食后确让人终生难忘。在陈墩镇，谁都知道阿隆。阿隆祖上就因擅长烹制河豚而远近闻名。阿隆从小跟爷爷吃河豚，跟阿爸吃河豚，后来自己烧了自己吃河豚，整整吃了四十来年，吃出了一手烧斑子河豚的绝技。

早先，阿隆的爷爷、阿爸都是乡间以捉鱼为生的渔人，每每捉到河豚，特别是河豚王，不敢轻易卖人，弃之可惜，便试探着烧来自己吃。河豚不是很容易就能捉到的，尤其是斑子河豚，常常混在其他鱼中，几天只能捉上一两条。他们就把不多的几条积起来，积多了才一起烧了吃。阿隆家做河豚，有很多的讲究，也是爷爷手里传下的绝活。捉刀杀鱼，去子去内脏去血，然鱼子鱼内脏好去，鱼血则难去尽。关键的一道工序便是支一口锅，用竹签把鱼反钉在锅盖上用文火煮水蒸，鱼熟透则鱼血也沥尽，弃水，再置橄榄子、槐花末解毒，或白烹成羹，或红烧。

这烹煮说说简单，然性命攸关，则步步惊心。

只是这绝活传到阿隆手里，阿隆便生出许多花样来，先是开了阿隆野鱼馆，做其他野生鱼宴，更做斑子河豚宴。尤其是这斑子河豚宴，阿隆野鱼馆自有阿隆野鱼馆的做法，直吃得人心惊肉跳。在阿隆野生馆吃野生河豚，有好多讲究，谁吃谁就得先沐浴、净肠。沐浴既为隆重也为防个万一。万一那个了，也好干干净净而去，很壮烈。而净肠则为清肠中物，生怕物物相克诱生毒性。阿隆专门配制了茶水，在上河豚前，边喝边等。至于谁先吃，则更有个讲究，以前是爷爷捉刀杀鱼烧鱼则爷爷先吃，阿爸捉刀杀鱼烧鱼则阿爸先吃。到了阿隆手里，阿隆用河豚待客，总是当着客人的面先试吃，食后绝对无事了，方让食客们动筷。即使如此，食客也总觉得吃的时候，嘴唇微麻，心跳加快，然鱼味实在鲜美，让人欲罢不能。如此吃法，也吃出了阿隆野鱼馆的名声。好多有钱敢冒险的食客，常常从老远慕名赶来。阿隆也渐渐有了新的称呼，被人称作河豚王。

阿隆野鱼馆做斑子河豚宴，其实并非日日开宴。原先是一个月一次，还得早几个月预约，即使预约得好好的，还会落空，实在是野生的食料，少而又少。到了最近几年，阿隆只能看食料排预约，有的约了整整一年还没排上。赶上有钱又非得请贵客的主，往往一掷万元作押金，然也常常扫兴而归。

一日，终有一个常为阿隆野鱼馆送食料的老渔人，送来三条野生斑子河豚。阿隆一见，眼前顿时一亮，凭这么多年来做河豚宴的经验看，这正是久违了的正宗的淀泖湖特有的野生斑子河豚，已经成熟，毒性一定非常了得，而肉质也一定非常鲜美。

老渔人开价三千，每条一千。阿隆多给了一千，乐得老渔人咧嘴傻笑。

三条野生斑子河豚，没有被阿隆作食料践了预约，而是请宠物商店送来了一架高档鱼缸，摆在店堂正中。河豚王养在里面，成了阿隆野鱼馆的镇馆之宝。

有了河豚王，阿隆野鱼馆的预约更多，然整整过了几年，那些预约的食客一次也没有预约成功。他们不甘心，一批批赶来野鱼馆探听虚实。只见馆里鱼缸里的斑子河豚，一直在那里游动，很孤独的样子。

有三条斑子河豚在店堂里养着，河豚王不再是个传说。市里有专门搞地方饮食文化研究的专家慕名联系，准备为这三条斑子河豚留些照片资料。

只是专家还没到，竟然有两只凶悍的野猫夜闯店堂，用了非常高明的手法，把鱼缸里的斑子河豚捞出了鱼缸，在一顿大快朵颐之后，七窍流血，殒命店堂。

这是第二日早上开店面的服务员发现的。看到店堂里的惨状，服务员急急打电话叫阿隆。阿隆赶来店里，调出监控录像一看，顿时傻了眼。

从此，阿隆野鱼馆再也没有斑子河豚的身影，所有预约的斑子河豚宴一直遥遥无期。好河豚者知道后挺失望，野鱼馆生意渐渐冷落下来。阿隆看着失落的食客，很无奈，也有点失落。

接　站

　　魁梧的李牧提着简陋的行李走下绿皮列车时，眼前呈现的是陌生的一切。陌生的城市、陌生的车站、陌生的夜幕、陌生的空气，让这个来自大山的新生一片迷茫。

　　就在他站在陌生的站台上左顾右盼时，一只纤细的小手，在伸手取他的行李。李牧本能地拉住自己的行李，不肯撒手。

　　伸手的小女子笑了，问："同学，你是医学院的新生吧？"

　　李牧说："是的。"

　　小女子落落大方地说："我叫欧阳萍，大二老生。"

　　李牧一时不知所措，还是被接站的学姐抢走了一件小行李。拿着小行李的学姐干练地说："走吧。"

　　李牧跟着学姐上了接站的校车。时已深夜，校车在恹恹欲睡的昏黄街灯下穿行，最终在一个小门口停住。

李牧看着眼前的小门，有些蒙了，难道这就是他朝思暮想的大学？

欧阳萍说："这是去宿舍和食堂的后门，我们走近道。"李牧跟着学姐在迷宫般的建筑群里穿行。昏暗的路灯下，自己大熊一般的身影常把学姐小羊一样纤弱的身影包裹着。

学姐一边引领一边介绍："这是附属医院的房子，左边通妇产科。"李牧似听到新生婴儿的哭声。

穿过一条阴森的过道时，学姐很平静地说："这尽头是太平间，死胡同，以后不要走错了。"李牧听了不禁毛骨悚然，如他一人，定然不敢深夜走这近路。

进食堂，用了晚餐，欧阳萍这才把李牧带入男生宿舍楼。因一直在夜色中，与学姐分手时，李牧甚至没看清接站学姐清晰的脸，只觉得学姐纤弱，纤弱到李牧简直怀疑她的真实年龄。在他眼里，她似乎只是一个没长大的初中女生。

四年大学生涯，转眼即逝。毕业后，李牧被分配到一所完全陌生的县医院。李牧满足了，毕竟通过努力离开了大山，即将告别贫穷，拥有自己第一笔工资，有能力逐步偿还父亲为他读书跟人借的那些钱。

巧的是到县城车站接站的竟又是学姐欧阳萍。就在他站在陌生的站台上左顾右盼时，一只纤细小手，在伸手取他的行李。李牧本能地拉住自己的行李，小女子笑了，问："学弟，你忘了，你到医学院时，是我接的站。"

李牧这才看清学姐清晰的脸，一张娇美的娃娃脸。两个人对视着，笑了。

学姐是当地人，毕业后回老家做了一名产科医生。

李牧是个能人，不几年便在自己的业务上崭露头角。医院领导也特别器重他，多次送他到省城和沪上大医院进修。

李牧又是个有型的人，仪表堂堂，从头天上班始，找他说要帮他说媒的大姐便络绎不绝。最终，还是院长捷足先登，招他为乘龙快婿。几年后，院长升局长，李牧凭着过硬的业务能力荣升副院长。

就在李牧春风得意时，李牧遇坎了。一是和护士肖晓的暧昧私情，被老婆大人发现了。老婆大人不依不饶，弄得李牧内心焦虑。另外，院里经李牧手采购的一批医疗设备出了问题，造成了不小的医疗事故。人家病人家属大闹医院，弄得李牧不敢轻易露面。

在这内外交困时，李牧打学姐的电话，说："学姐，我请你喝酒。"

学姐去了，就他俩，一个偌大的包间。

李牧闷闷地喝着酒，说："学姐，我实在不知眼前的路该怎么走了，求你，帮我。"

学姐说："别人只能引领，路还得自己一步步走。"

李牧痛苦地说："我已无路可走。有些事，早晚要露馅。不瞒学姐，我拿了人家好些钱，已骑虎难下。"

学姐说:"天无绝人之路,有些事要自我了断,需要勇气。"

李牧泪流满面,说:"学姐,我听你的。"

第二天,李牧走进检察院的大门。几个月后,李牧被送入陌生的异地服刑。

服刑期间,李牧离了婚。自此,李牧觉得自己彻底解脱了。他一次次想,走出大门后,他就遁入空门,远远地找一处老庙剃度出家。

几年后,李牧终于能走出那沉重的大门了。李牧知道,门外,空气虽自由,然天将一片苍白。

当走出大门时,李牧惊呆了,他分明看到一个纤弱的身影和一张娇美的娃娃脸。

走到那身影前,李牧叫了声"学姐",便泣不成声。

学姐用纤小的手臂拥着他,像拥一头愚笨的大熊。

学姐用小手拍拍他的熊腰说:"男子汉大丈夫,振作起来!"

半年后,李牧与一直单身的学姐成了婚。李牧坦陈自己曾经的设想,学姐半真半假地说:"早知如此,我真不该来接你,让你遁入空门算了。"

冷　枪

凹家湾是个匪巢,在金鸡湖畔,四周环水,易守难攻。

凹家湾早先的匪首叫豹爷,十八般武艺样样精通,但心狠手辣,杀人不眨眼。方圆百里地之内,路人闻豹爷丧胆。百姓更是对其恨之入骨,但又奈何不了他。

某日,豹爷暮色中凯旋,不料途中遇人冷枪,一命呜呼。当时,喽啰们只顾高兴,也没在意哪里放的冷枪,见豹爷毙命,慌作一团,幸而豹爷的亲弟弟虎爷站出,令众人四下里搜索,无果,遂放火烧了一大片茅屋与芦苇,才抬着豹爷打道回寨。

时下,豹爷的儿子狼儿正十岁,见爹突然之间毙了命,吓得懵懵懂懂的。回寨见过娘,才哭得泪人一般。

虎爷一边抚慰着狼儿娘儿俩,说:"大嫂,只要我有一口气,就不会让你娘俩冻着、饿着。我一定像亲儿子一样带着狼儿,让他见世面、长能耐，让九泉之下的大哥死而瞑目。"一边又召集众兄弟训话，说："各位，我大哥遭遇不测，各位如不嫌我虎爷的，留下来，跟我一起干，我虎爷，定不薄待诸位弟兄；如不愿跟我的，你们尽可另立门户，自寻出路，我虎爷，一定奉上路上盘缠。"

众兄弟们都说："虎爷，是兄弟的不分两字，我们都是虎爷的人。上刀山，下火海，只要虎爷吩咐。"

自此，虎爷成了凹家湾的匪首。

虎爷做了匪首，自然不敢怠慢，日夜操练，也练得十八般武艺样样精通，尤其那枪法，更是点到哪儿，击中哪儿，百发百中。

而侄子狼儿，虎爷更是视如亲儿，终日像大哥当年一般带在身边调养，随着年龄的增长，狼儿的武艺也日精，枪法也让众长辈们称道。只是虎爷头上长有怪疾，稍一劳神，便疼痛难忍，两眼一抹黑。私下里也曾找过郎中，但荒野僻壤的，乡下郎中使尽浑身解数，也无法让他从病痛中解脱出来。自己知道自己在世时间不长，虎爷愈发潜心调教侄子狼儿。

与豹爷不同的是，虎爷只打劫不杀生，且只打劫大户与官府，一向是轻易不开张，一开张便可坐吃半年。

虎爷的所作所为惹怒了众大户与官府。方圆百里的大街小巷都贴着悬赏捉拿匪首虎爷的招贴，然虎爷总是神出鬼没屡屡得手。

虎爷自己也很清楚自己是在干玩火的行当，稍不留意，便会被火烧着。尤其是自己大哥如此高深武艺竟也遭遇冷枪，自己更得百倍小心。自己身家性命是小，凹家湾这百十号人不能一日没主。为防不测，他每每出行总让侄子狼儿在十步之后跟着。

随着时间匆匆而过，十七岁的狼儿，已出落成一个壮实的小伙，也日渐成了虎爷的贴身心腹，多年的调养，狼儿忠实得就像一条忠实的狼狗。

一次次出生入死，狼儿也着实为虎爷助了一臂之力，更使得虎爷背后多了两只警惕的眼睛，使他一次次化险为夷。

渐渐长大的狼儿常常问虎爷："叔叔，你说我爹会是谁开的冷枪？"虎爷说："这可谁也说不准，做我们这行当的，不能轻易信人，除了自个儿，谁也不能相信，包括对你叔叔。"狼儿说："叔叔，我对你绝对没有二心。"虎爷说："这点我是绝对相信。"

可谁想，在之后不久的一次精心策划好的打劫中，虎爷他们遭遇了官兵的伏击，死伤惨重，兄弟中活擒了不少，只虎爷带了几个亲信，一路冲杀，才杀出一条血路。

到金鸡湖边，也就剩了五六个人、七八条枪，虎爷让众人在岸边警戒，自己只身带着侄子狼儿到湖边芦苇丛中找船。虎爷双手持枪，前边开道，示意狼儿十步后紧随着，小心压阵。

不一会儿，船找到了，可就在虎爷想飞身上船那瞬间，身后突然响了一枪，虎爷只觉得后背被什么撞了一下，回身一看，只见侄子狼儿正站在芦苇丛中，手中的枪口正冲着他。当虎爷证实正是侄子狼儿冲自己打的冷枪时,终于朗朗地说了声:"狼儿,你终于长大了——"说着,身子一软,便轰然倒下。

　　十七岁的狼儿自然成了凹家湾第三代匪首,不几年又拉起了一百多号人。

空巢老教授

郜告接通签约上的住宅电话，等了好久，才有一个苍老的声音，问："Who's that？"

郜告忙用英语非常诚恳地说："岳教授，我是研究生院新生郜告，我和研究生院学生部签了约，和您结对，成为朋友。我想冒昧地问一下，我什么时候能够到您府上拜访您？"

等了好久，岳教授说："你把签约原件带来，要有公章的。"显然，岳教授很戒备这突然的来电。

郜告又问："今天下午方便吧？"

电话里竟传来另一种语言，似乎很遥远，郜告蒙了，一句也没听懂。

一旁的学姐笑了，说："岳教授，会六国语言。他老大在美国，老二在法国，他就喜欢一个人独住。不愿跟人搭腔了，就用外语跟你搅和。院里帮他请的保姆，老是没待几天就走了。你跟他对上劲了，你会觉得岳教授还是挺和善的。"

其实，郜告和院里签的是关爱空巢老教授的公约，然对外说是和老教授结对。

下午，学姐带着郜告登门拜访。敲了好久的门，门内电视机声音很响，就是没其他动静。一边敲门一边打电话，岳教授才拉开门露一缕门缝，问："谁？"

学姐说："岳教授，我是小岳，小本家呀。"

岳教授这才开门让俩人进去。

一进门，俩人都觉得不对，偌大的房子门窗紧闭着，炎热中带有一股怪味。一瞧，竟开着热空调。

学姐关空调、开窗户，岳教授拦着，说："电视里说有重度雾霾呢。"

学姐说："哪有呀，电视里说的是北方呀，您钢筋铁骨的身子没那么娇气。"

郜告这才端详起传说中会六国语言的岳教授，其实是个个子矮小、眉发均白的小老头，九十多岁的人，初看也不显得怎么苍老。

这天，是学姐和郜告交接班的日子。学姐与老教授结对两年多，就要离开了。显然，岳教授服学姐快人快嘴快手的脾性，他们处得挺融洽。学姐一边嘴上说，一边帮老教授收拾满屋子乱丢的书。然郜告不会学姐那套，只是愣愣地在屋里站着，惊讶于老教授满满几大屋子各种语言的学术著作。半晌，郜告由衷地说了一句："岳教授，我若有您这十分之一的书，我这辈子的梦想就实现了。"

岳教授脸一沉，说："小子，我警告你，来我这里，可不准动我一本书的邪念。"

显然脾气古怪的岳教授曲解了郜告的话意。郜告忙申辩："岳教授，不会的，我绝对不会的。"

学姐笑了，说："这些书，教授比儿子孙子还宝贝，他不愿出国，就生怕这些宝贝有个闪失。"

那天，学姐离开后，郜告留下了，他被老教授的书吸引了，一屁股坐下去什么都不想了。看着看着，只觉得肚子饿了、嘴渴了。郜告自己取些白开水，找些现成的饼干，对付着，还看着。一直到夜深人静，郜告这才想起该回自己的宿舍了。老教授却在靠窗的藤椅里迷糊酣睡着，扶教授上床睡安稳了，郜告这才轻手轻脚地离开。

一连半年，郜告一有空就来岳教授家，看书一看大半天。为防饿着，来前，总轮番带些面包、豆干、薯条、鹅颈、辣鸡爪、爆米花之类的吃食。岳教授也不客气，专挑自己喜欢的，拿了坐在靠窗的藤椅里，津津有味地啃着。有时，得意了，岳教授就跟郜告说俩儿子小时候的趣事。郜告家境不好，非常体谅父母，除了专心读书，从小就没好好玩过。郜告挺羡慕岳教授儿子的，从小在书堆里长大。

半年后，院里策划了一个让老教授重新体验一天学生生活的小项目。郜告把项目策划书给岳教授看的时候，岳教授起初不同意。郜告就说："岳教授，没这个项目，我签约考核得扣分。岳教授，您高抬贵手，给我一个小机会吧。"其实，院里策划的这个小项目，也只是一个建议项目，没这么认真。

岳教授勉强答应了，郜告便开始把岳教授带出家，说好AA制，先在校门口的小餐馆小小撮了一顿。郜告还弄了半杯花雕酒，喝得老爷子脸红红的，话也多了，说晚上一定要住在郜告的学生宿舍里。第二天一早，岳教授就醒了，拉郜告说，该早锻炼。郜告自然不敢怠慢，陪老教授晨跑。人家跑十圈，他们"跑"一圈。跑过了，俩人拿着饭盆去食堂排队吃早饭。油条、粢饭团、豆浆，老教授一样吃一些，直呼好吃。早饭后，郜告自然带了岳教授去教室听课。授课的李教授一看，不自在了，课堂里坐了祖师爷辈的岳教授，一时不知怎么是好。郜告报告了岳教授听课的原委，李教授这才跟平时一般放松了，这课上得挺精彩。

这天，郜告把岳教授送回家时，岳教授还挺兴奋，给老大、老二打电话，嘀嘀咕咕说了好久。

之后，郜告一直忙着自己的学业。一天半夜，郜告正在做功课，突然接到岳教授的电话。岳教授问："小郜，啥时我再到你那里体验体验。"

郜告一听，乐了，说："我这就来接您。"其实，郜告的功课中，正好有个难题搁着。

宫保鸡丁

　　李可婚后，随妻子到了檀香山。李可的岳丈，在檀香山做房地产生意。出境前，好多小伙伴都说："李可，你这辈子可吃上洋软饭了。"

　　谁料想，到了檀香山，李可在岳丈家住下来的头一天，岳丈就跟他说，家里只管他一周的吃住，明天开始得出去找工作。

　　李可才初中毕业，没学几句英语，出了岳丈家的大门，东西南北也难辨清，只能沿着马路一竿子走到底，一路上一家家中餐馆打听着，每天走一条马路。到了第五天，李可终于在一家台湾夫妻开的小餐馆里，找到了打杂的活，每月工钱八百元，可以住在店里。

　　台湾老板是大厨，每天天不亮就得去备料。台湾老板娘是帮厨，一天到晚理菜、洗菜、招呼客人。李可自然得很早起床，拖地、擦门窗、洗碗筷，还得开车接送一些老年客人。老板夫妻俩，每天只用客人吃剩的饭菜对付一日三餐。有时等李可歇工，剩下的饭菜已很少了。睡到半夜，饥肠辘辘只能喝白开水充饥，实在饿得挺不住了，便偷偷溜到厨房，掏几颗夏威夷果充饥。夏威夷果，是老板专为炒宫保鸡丁备的料。这道菜，专为一些嘴刁的食客备的。谁料想，时间一长，老板发觉不对，备的夏威夷果，比以前用得快了，于是很小心地在封口上做了记号。李可下一次半夜偷吃时，被老板逮住了。罚了钱，李可被老板赶走了。

李可到第二家中餐馆打杂时，看到做大堂服务员工钱稍高还有小费，就要求当大堂服务员。李可接待的第一批客人，是几个台湾老兵，他们中一个叫宋哥的点了个宫保鸡丁，还提了一些要求，把花生米换成夏威夷果不算，还要用酸辣糍粑，把川菜做成家乡的贵州味。李可蒙了，干脆说，没宫保鸡丁。宋哥说，他们已经吃了好多年宫保鸡丁，怎么会没有呢？叫来老板。老板听了窝着火，叫李可立马走人。还是宋哥求了情，老板才勉强把李可留下来。

一来二往，李可与这些台湾老兵熟了，他们每次来都要点那道宫保鸡丁，只是做法每回都不一样。有时，要重葱蒜姜，做成山东味的；有时要重麻辣，做成四川味的；有时要重酸辣，做成贵州味的；有时加玉米粒，有时加胡萝卜丁，有时加夏威夷果，有时加黄瓜丁，有时用干红辣椒，有时用小青椒。每回，李可在宫保鸡丁菜名后画相应的画,大厨依画做菜,吃得老兵们拍手叫好。最初,老兵们把李可叫过去,塞他小费,问他老家哪里的。李可说:"俺爷爷山东人,奶奶四川人,我爹生在贵州,我妈生在湖南,我从小长在贵州,后来到了郑州。"宋哥激动了,搂着李可叫小老乡,让李可讲家乡的事。李可虽胡扯了这么多家乡,但毕竟常看电视,有些大事还记得。李可每每说到他们家乡的好事,总让他们热泪盈眶。他们是一帮特别的人,上了年岁,闲得慌,常来饭店,其实冲着家乡的味道,只要有一点像那味道,他们会高兴得手舞足蹈。有回,宋哥哭了,说那味道,和他娘做的一样。

有段时间,宋哥没来餐馆,老兵们说他摔伤了腿。李可自己买了份宫保鸡丁,抽空给宋哥送上门。床上的宋哥泣不成声。然宋哥毕竟是上了岁数的人,在床上躺了一段时间,支撑不住,去世了。宋哥去世后,他的一位老弟把宋哥生前的一只大皮箱,交给了李可。

打开皮箱,李可惊呆了。那里装着一些和家乡有关的新闻照片,那是宋哥从各种英文画报和报纸上剪下来的,有的已经发黄;一套旧衣裤;一封亲笔留言。宋哥的留言,让李可回家乡时,把他的军装送回家,埋在他们宋家的祖坟上。

箱底有一些现金和其他值钱的财物,宋哥的老弟说那是留给李可的,谢他带来家乡的消息和味道。

几年后,李可回国时,通过朋友的帮助,找到了宋哥的祖坟，了了他的心愿。李可还专在山东、四川、贵州学了几手当地宫保鸡丁的地道做法。重回檀香山后，李可贷款开了一家名叫宋哥宫保鸡丁的中餐小餐馆。好多老兵都说李可有情有义，专门带着朋友去照顾他的生意。

宋哥宫保鸡丁餐馆的门面一扩再扩，生意红火。

落脚猪

初秋。李痒搭村里的便船到陈墩镇上借高考复习资料。李痒是苏城插队青年,到银泾村插队,已十年了。

村里的船,靠在镇北塘湾里。湾里停着几条卖小猪的船,买小猪的船围着。小猪被抓时的尖叫,此起彼伏。

李痒取了资料在岸边等。

一个卖小猪的老伯,准备摇船离开时问李痒:"有只落脚猪,半送半卖,要不?"李痒用眼扫了一下老伯的船舱,见舱里缩着一只小猪,奇丑无比,瘦骨嶙峋。李痒知道,落脚猪就是入不了养猪人挑剔的法眼而被挑剩的猪。老伯似乎偏要把那小猪给李痒,说:"两块钱,等于送你。"说着抓住小猪的后腿,硬塞在李痒怀里。李痒从没想过养猪,支吾着。那小猪,很奇怪,在李痒怀里,乖得像猫似的,李痒心存怜悯,掏了两块钱，抱着小猪上了自己的船。同船的村民，一个个以挑剔的眼光反复翻看李痒的落脚猪，最终谁也没看出有啥毛病，都说，才两块钱，养着玩吧。大家都清楚，这猪，倒贴猪食的货。

其实，李痒来银泾村这么多年，自己养活自己也够呛。李痒刚来时，人瘦小，田里的活，没一样对付得了。村里没法，让他在农场上，做些翻晒的轻活。工分，自然是队里最低的。李痒带那猪回村后，不知咋弄。有热心人用旧毛竹和柴草，帮他搭了个小猪窝，吩咐他一日三顿得喂饱。李痒自己一日三顿也是有一顿没一顿的，哪顾得上小猪的一日三顿。开初几天，小猪叫唤了，他弄些吃的给它。过了一段时间，他早把那小猪给忘了。小猪饿得没法就蹿出猪窝，满村乱跑，狗食猫食自留地里的蔬菜，见啥啃啥。那猪小，村里人不大留意。时间长了，村里人见了就撵它，撵不了逮住了，用草绳拴了，丢进李痒的猪窝。过了十天半月，李痒听见小猪乱叫了，这才想起该喂猪了，才喂一下。没多时，那小猪又饿得乱蹿。见李痒的猪，全村人都要笑，尖嘴猴腮不算，浑身的毛乱七八糟，那肚子更是肋骨毕现。

自从李痒养了猪，银泾村就多了一句俏皮话，那就是李痒养猪，养得像猴。

入了深秋，李痒更顾不上那小猪了，高音喇叭里说的全国公开高校招生考试迫在眉睫。李痒请了假，不分白天黑夜在小屋里看书做功课。有时，小猪突然乱叫了，他干脆解了草绳把那小猪赶走。

入冬，李痒参加了初考。成绩出来，挺不错的。他毕竟是六六届高中毕业生，他父亲又是大学里的教授，比别人基础好。

过了一段时间，李痒参加了复试。成绩出来，考了全县第三名。

又过了一段时间，李痒参加体检。情况不妙，说是脾脏检查有点肿大。县招生办公室通知他一周后复检。李痒请教了一些有经验的人，人家让他泡糖水喝。李痒没钱买糖，只象征性地喝了一点糖水。

一周后，李痒惴惴不安地走进县人民医院指定的体检室。大家私下里已在传说，内科复检的是县里最有名的然为人呆板的景副院长。景副院长的体检很仔细，体检完毕，李痒并不知道自己最终的结果，回村埋头睡了几天几夜。

李痒报考的中医大学。他第一批就拿到了入学通知书。他这才知道，景副院长给他做的复检是合格的。

离开银泾村时，李痒想去谢谢景副院长，但李痒没有一样可以谢人的东西，这让李痒挺纠结。

不知啥时，李痒的那只落脚猪，又被人送回来了。多时不见，小猪大了一些，只还是瘦得像猴。李痒想尽量喂胖小猪，每顿喂得饱饱的，还给它洗澡梳理皮毛。那小猪，似乎不再那么丑了。

李痒牵着猪，找到景副院长。李痒才说了一半，景副院长恼了，说："你瞎胡闹！"李痒没法，牵着小猪，蹲守在景副院长下班回家的路上，尾随着到了医院职工宿舍大院。半夜里，李痒抱着喂饱的小猪潜入大院，把那猪拴在景副院长家的门上。

又过几天，李痒要回苏城了。临走，他又去了一次医院。蹲守了好久，竟然在医院食堂后院里发现了那小猪。景副院长坐在石级上，专注地用手里的食物喂着那小猪，一边喂还一边不时地捋着小猪后背的杂毛。那小猪乖得像一只猫，似乎有点胖了。

摸蚌人

锦溪镇南是一片宽阔的水面。那水面有一个挺雅致的名称叫五保湖。

很多年以前,湖里来了一个摸蚌人。他划着一条柳叶一般的小舟,在湖面上漂漂荡荡。人家划舟是用手,而他划舟则用脚。他那舟挺小。白天,若天气好水温尚可,他则下水摸蚌;若天气不好水温太低,他就用铁爪捞。晚上,他便和衣裹着御寒的被子钻在草席覆盖的小舟里,即便刮风下雨甚至下雪,都是如此。

摸了蚌,摸蚌人就拎到菱荡湾边的石埂头上出卖。他用一把已经磨成一弯月的镰刀,带着水把新摸起来的河蚌破开,蚌肉归蚌肉、蚌壳归蚌壳地堆放在一起。蚌肉不贵,算得上价廉物美的河鲜。下工的人,顺路买上一些,花不了几钿,带回家剁碎了，放点雪里蕻咸菜炒炒，过酒下饭都可。

蚌肉有嫩的时候，也有老的时候。嫩的时候，人家买了炒菜吃；老的时候，他偶然也能零卖掉一些，然主要得候收蚌人来收。有供养蚌珠的，也有供养蟹的。年成都不一样。有时，摸了不少，然没人来收。

蚌换了钱，摸蚌人便到附近的邮局把一些钱汇出去。地址永远是那一个，收款人也永远是那一个。因为摸蚌人习惯于沉默，所以也没人能够从摸蚌人嘴中问出收款人的身份。他默默地享受着汇款的乐趣。这似乎是他人生的使命。

有一年冬天，下了一场大雪，摸蚌人在自己的小舟里被冻僵了。有个单位管事的负责人，平时常吃他摸的蚌肉，心疼他，叫人把他架上岸，让他住进了单位里的传达室。传达室虽说也挺简陋，然毕竟比小舟上强多了，冬天能挡风御寒，夏天多多少少能少些蚊虫的叮咬。更让摸蚌人万万没有想到的是，负责人每月还给他几块钱的工资。因为，让他住进传达室，名义上是请他看个大门。摸蚌人倒也是个尽职的人，白天进湖摸蚌，晚上就在传达室里寸步不离。如此一待待了好多年，摸蚌人与传达室融为了一体。他白天摸的蚌，傍晚时就在传达室门口卖。传达室窗后是一个很宽的夹弄，平时没人去，摸蚌人就用旧砖垒了，铺上塑料薄膜，养着没卖掉的蚌。有人过来收，他便让收蚌人自己挑。

摸蚌人的小日子开始滋润起来，晚上也会炒一点顺便摸到的螺蛳、小鱼，打一点便宜的料酒，喝得脸通红。摸蚌人自己不碰蚌的，他说他一吃蚌肉，肚子就疼。他说，也许他杀了那么多的蚌，蚌仙对他的惩罚。即便如此，摸蚌人也很坦然。

不知过了多少年，那让摸蚌人看传达室的负责人早退休了，那单位后来也解散了。传达室四周的房子，拆了建、建了拆，唯有那摸蚌人住的传达室一直如此。单位没有了，也无所谓传达了，工资补贴没有人发了，然这房子的房租也没人跟他要。水，摸蚌人常年用的是湖里的水；烧，摸蚌人捡的是柴火；电，一度停了几个月多，镇上领导知道后，专门给他通了电。

谁也没有想到的是，摸蚌人六十多岁时，找了一个在附近服装厂打工的妇人。那妇人看上去好像比他要年轻十来岁。他们是正儿八经领结婚证的。领证后，那妇人便住在摸蚌人的小屋里，小日子更滋润了。

七十来岁时，摸蚌人生了一场大病，在医院里住了好长一段时间。摸蚌人户籍不在这，自然享受不了医保，所有的医疗费都得自己掏。摸蚌人没钱，靠医院减免、政府慰问加社会募捐，终于在医院里挺了过来。让摸蚌人万万没有想到的是，他住了这么多年的小屋，在规划中需要拆除。开发商将补给他一笔安置费。钱虽说并不多，然可以说比摸蚌人摸了一辈子蚌卖的钱还要多。不知怎么的，摸蚌人有钱的消息传到了老家，有几个男女从老家风尘仆仆地赶来，为了这还没有完全着落的钱争吵不休。最终，争吵的矛头对准了摸蚌人新找的女人，骂她老妖精，把摸蚌人的钱都骗掉了。摸蚌人好几年不往家里汇钱了，这让他们非常气愤。摸蚌人的病原本有些好转，老家来人天天争吵，让摸蚌人心灰意冷，撞了几回墙，拔了几回点滴，那病情竟然一下子恶化，神志不清，不能自理，而老家来人竟然撒手不管。没多少天，摸蚌人咽了气。

与此同时，开发商给的安置补偿费也基本确定下了。十二万。就是谁签字，又闹得一团糟。开发商认国家发的结婚证书，而那几个男女却跳了起来，狂喊，我是他的亲儿子、我是他的亲女儿。

老家来的男男女女，拿出很旧的户口本，那上面果真如此。

开发商也被闹蒙了，拖了几天，最后实在拖不下去了，还是把那钱打在了那妇人的账上。摸蚌人的儿女们，这才不再争吵，商议起怎么一致对外，打赢这场争夺钱财的仗。

最终，这十二万块钱，按照法律规定分割了。分割时，那妇人比他们少拿了一笔现钱。儿女的理由，老爹的小舟也是一份财产，他们带不走，自然抵给妇人。

妇人人单势弱，拿了一些钱，去看那小舟。年久失修，小舟已经千疮百孔，舱内长满了杂草。妇人用破竹篙把小舟撑向湖中，那小舟先是慢慢地沉下去，半浮半沉。继而突然从水中浮起来，像长了眼睛一般，向湖中漂去。看的人都说，那小舟好像有人在划动。有人感到那小舟似乎在寻找自己最后的归宿。

摸砖人

管牛十八岁那年,家乡闹水灾,巨大的泥石流冲毁了他们村大片的山坡地。管牛爹跟管牛说:"你去江南吧,找你堂哥,他在砖瓦厂吃公饷,日子过得挺舒坦。"管牛来到了江南,找到了堂哥管军。

管军知道管牛从小水性就好,说"你去大码头摸砖吧"。管牛说,只要有钱就行。摸砖是厂里的临时工,一天一块工钱,归厂总务科管。总务科科长是管军的干爹。管军带上管牛,捎一包荷叶包的猪头肉,还捎上两瓶高粱酒。喝酒时,管军说了管牛的事,干爹答应了。

砖瓦厂是个大厂,砖码头是个大码头。每日,码头上都有几十条大船在这里装砖。船多砖多,自然有一些闪失,好好的砖在装船时,会掉进码头的水里。一块两块自然不碍事,然每日这么多船，这么多砖，积起来就碍事了。那砖边角尖锐，船底磕伤了，可不是好玩的。

摸砖，其实是有讲究的。那些年，砖头紧缺，国营大厂的砖头质量好，价钱便宜。有关系的人，找上厂长，批上一张条子，就可请摸砖人摸上一天。工钱是厂总务科先收了再发的。摸砖人跟着工人上下班。批到条子的东家，为让摸砖人多摸些好砖，也常买一包大前门香烟、二两半装的小老酒，送他们。有时水里冷，他们摸一会儿，便会喝口老酒，抽支烟晒会儿太阳。

摸砖人也有偷懒的，天冷了，怕冷，不愿下水，用个铁耙子在水边扒些碎砖，应付东家。而管牛却是实在人，他觉得人家花了一天的钱，就得给人家摸一天的砖，即使天再冷他也照样下水。这样，人家给管牛的烟酒多了，同伴们就不乐意了。管牛人厚道，反而与他们分享烟酒，日子长了，同伴们都认他，凡事都听他的。

堂哥管军是厂里正式工人，工资蛮高，还有福利，一年四季的工作服帽子皮鞋都是厂里发的，一天四餐大食堂开着，买了饭菜票，打了饭菜可全家享用。厂里大澡堂凭票免费洗澡。大锅炉一天二十四小时供热水，同样凭票灌热水。大热天，还供酸梅汤。住的，是厂里砌的工人宿舍，一排排红砖瓦房。管军把剩下来的洗澡票、热水票、酸梅汤票都给了管牛。穿着管军旧工作服的管牛，羡慕着管军的好日子，每日实实在在地给人家摸砖，期盼着自己的日子也能够一天天好起来。

二十几年转眼过去了，管牛每天干着自己的老本行，然码头上的船越来越少了，批条子请他们摸砖的人家也越来越少了，摸砖人也越来越少了。厂里只是生怕码头被搁浅，还让他们做些日常的水下清理工作，这活儿累人，没人干。管牛不怕累，仍干着。只是，堂哥管军的日子大不如以前了，常在家歇着，工资少了，福利也少了。管军说，他们厂把厂四周所有属于他们的土地都挖没了。现在，只能去别处买土。然成本太高，厂里已经不堪重负。后来，能够买到的泥土也越来越少了。他们一个大厂，几十年挖下来，除了生活、生产区，四周都是一些深得不能再深的池塘。池塘太深，养鱼也难。

突然有一年夏天，一连一个多月的暴雨，让砖瓦厂到处受淹。厂区、生活区、池塘，内外受困。筑了高堤，还顶不住。市里、县里派了好多人员机械来增援，最终还是没顶住，内内外外好几处高堤溃了。几十年挖出来的大窟窿，一下子成了一片汪洋，与外湖外河连在一起。生活区，成了一个小小的孤岛。几条埂基被水浸泡了多日也一下子化为乌有，已无法再重新支撑起那片土地。唯一保住的是厂生活区与外界的一条小埂基。

大水退了，原先的砖瓦厂已不再存在。厂里所有的人都下岗了，管军自然也是。能走的全走了，然管军没处去，除了烧砖，他啥都不会，他只能一天天耗着，下岗那点钱少得实在可怜。

管牛还摸砖，摸了砖，没人再给他钱。管牛，这辈子除了摸砖，啥都不会。不摸砖，管牛将无所事事，他仍摸砖。

摸着，摸着，管牛突然摸出了门道。那砖瓦厂原先通大湖的水道，有二十来里。沿河，原本是几十家砖瓦厂，有国营的，有大集体的，有私人承包的，更有好多是明清时的老砖窑。几十年几百年的开挖，最终都是没有泥土而倒闭了。谁料想，那二十多里长的长窑河里，全是长年累月掉下去的各式砖瓦，把河道都堵塞了。管牛把那些砖瓦挖出来，洗净了，码在一起，竟然有建筑装修的老板自己赶来收购。尤其是一些古砖瓦，人家过来是论块论片买的，说是古宅修复，难觅。

管牛一个人摸，来不及，把原先的同伴能请的都请回来，买了几条旧船，生意不错，赚了不少钱。更没料到，镇水利站头头也来找管牛，说长窑河的疏浚项目让他做，还给钱。这样，管牛又添了一些旧的疏浚设备。人手不够了，管牛想到了堂哥管军。想当年，自己没路可走时堂哥帮了自己。管牛让管军看砖场，工资是别人的两倍。

没想到，长窑河是条宝河。水利上给的疏浚费，是一笔钱。卖疏浚土，是一笔钱。卖旧砖瓦，是一笔钱。尤其是摸到的那些有年份定制的老城砖，被人家收购了，给的钱更是不少。

管牛赚了钱，自然不忘帮自己的人。那天，管牛把堂哥管军请到自己新装修的别墅去喝酒。管军愣傻了，没想到，管牛这么有钱，一人喝了一瓶五粮液，独自醉了。

残　鸟

一场突如其来的大冰雹之后，骨科病房里送来一位摔伤老人。

老人，七十多岁，竟然认得，他姓秦，那时的人们都叫他秦麻雀。

小时候，我常见他。那时，他还不老。我们一个村的。

秦麻雀家里孩子多。农闲时，他常常出去逮麻雀卖了贴补家用。

秦麻雀逮麻雀的功夫真是了得。

他用榉树枝丫做的皮筋弹弓弹麻雀，杀伤力非常厉害，一弹一个准，弹无虚发。他用大匾罩麻雀，设计得很巧妙，支一根短棍，短棍上拴一根细绳，大匾下撒些瘪谷，引麻雀。麻雀来了，只消一拉细绳，便能扣住几只馋嘴的麻雀。下雪时，这法挺管用。我蹲在他身边，常见他一个晌午就能逮几十只，我也曾试过，只逮了一两只。到了晚上，秦麻雀在竹园里更是身手不凡。那时村里家家有竹园。秦麻雀携一根韧劲挺足的钢竹和一柄小钢叉，在小竹丛边，他只需用力抡几下，那竹丛里栖息的麻雀，定被他抡得晕头转向，跌扑在地，他拣了放在竹篓里。那时乡下草垛草屋多，那些愚笨的麻雀睡觉时把头钻在草垛或草屋顶里，秦麻雀用一柄小钢叉只轻轻一叉，便是一只麻雀。

其实，这些都只是秦麻雀逮麻雀的一些小技法。

秦麻雀有好几张自织的丝网，都是专门用来逮麻雀的。他把这些大大小小的网，隐秘地架在稻田边、晒谷场上，连上他专门设计的机关。秦麻雀藏在树丛里，只等那些肆无忌惮偷吃稻谷的麻雀一群群落脚，他从容着依次扣动机关，那些大大小小的丝网如被使了魔法一般，一张张从稻田里、晒谷场上神奇地跃起、张开、扣下，麻雀们纵有再大的本事，也无法从这些天罗地网中逃遁。

至于秦麻雀用老铳打麻雀，场景则显得非常惨烈。秦麻雀用的铳是他爷爷辈上留下来的。铳身粗大而溜滑，铳管也粗，用的是铁珠散弹，一扣扳机，一股硝烟，一扫一大片。那些饱餐后得意忘形借着大树嬉戏的麻雀，总被一大片横扫的散弹打得尸横遍野、鲜血直流。

秦麻雀逮麻雀的收获，每次都是非常丰盛的。秦麻雀的院子里，常常是恐怖的杀戮场景。不知为了啥，秦麻雀在对麻雀实施大肆杀戮前，总要点燃一股劣质的香，也许是驱散满院的血腥，也许为了内心对于被杀戮者的怜悯。

其实，秦麻雀还是烧煮麻雀的高手。他常年把一口大锅支在自家的院里，先用盐、酱油、茴香、八角把洗净的麻雀稍加腌制、风干，用急火把麻雀烧熟，再浸在老汤里。这样晒制的麻雀，耐嚼、有味、满嘴留香。烧好了麻雀，秦麻雀便悄悄地用一个小担子挑去陈墩镇上卖。秦麻雀卖烧熟的麻雀不用吆喝，他有他的常客。

邱镇长是秦麻雀的老顾客，他喜欢秦麻雀的腌制老汤麻雀，有时自己候住秦麻雀，有时让食堂里的老肖来候。买了麻雀，邱镇长总要叫上几个对劲的镇干部，来两瓶黄酒，小酌一番。

邱镇长爱食麻雀，自有镇长的一番理论。邱镇长大会小会都讲："那些可恶的麻雀，跟我们老百姓争粮食，可恶极了。它们快乐了，我们就快乐不起来了。最可恶的是稻谷瘪的时候它们来抢吃，稻谷饱满的时候来抢吃，晒场时还要来抢吃。其实，只要我们大家都吃麻雀，十亿人一人消灭一只，这'四害'的大害就害不起来了。"

邱镇长不只吃秦麻雀的麻雀，还在年终时给秦麻雀发奖状，授秦麻雀为陈墩镇除"四害"标兵。于是乎，那些年，秦麻雀收了徒弟，被这里那里邀请着外出逮麻雀。逮了麻雀，加工了卖掉，赚一些。人家邀他们，也给些小补贴，免费给他们歇脚的地方，还给他们一些柴草。

这当然都是先前的事了。

老秦的手术是我的同事做的，手脚都有伤，做了很长时间，然手术还是蛮成功的。

我和同事一起巡查病房。老秦神情蛮好。我问："怎么会摔成这样？"他老伴唠唠叨叨地说，老秦打了大半辈子的麻雀，拿了几十张除"四害"的奖状。他总觉得这辈子欠了麻雀一身的债。后来，麻雀不让打了，说是国家保护了。他脑筋突然转过来了，去做啥护鸟队队长，白天黑夜到鹿山去护鸟，七十几岁的人了，吃呀住呀，都是马马虎虎地对付着。这不，一场大冰雹，几百只鹭鸟被冰雹打死打伤了。死的，他生怕人家捡回家吃了，都捡了埋了。伤的，有的卡在树上，他七十几岁的老骨头爬上爬下去救鸟。这不，鸟救了不少，人成了只残鸟。

听到这里，我细看老秦，手术后的手脚绑着牵引着，人朝天躺在病床上，确实有点像一只被打残的大鸟。

后来，我又去病房看过老秦，也见护鸟队的人常有来看他，跟他汇报。一说护鸟的事，老秦脸上就乐呵呵的，全然不像四肢伤得如此厉害的老人。

拜 年

李勤考取大学后，已经好多年没回老家陈墩镇了。母亲给李勤说了几家人家，说是这些人家，或是他们老李家的近亲，或是他父亲生前的至交，或是有恩于他老李家的好人，"你今年回来了该好好去拜拜年"。

陈墩镇有个旧习，就是大年初一早上小辈得一一去给长辈拜年。这回，李勤是带着年迈的母亲回陈墩镇过年的，虽说住在宾馆里，大年初一一早还是按照旧习出门给长辈们拜年。然李勤毕竟离家多年，谁家住哪，确实也不怎么了解，只能按母亲说的打听着一一拜访。

按照母亲的吩咐，李勤第一个拜访的是老宅隔壁的老金家。

敲门，老金开门。老人家虽一头白发仍精神矍铄。

一见李勤，老人乐了，问："你是谁呀？"

李勤说："我是原来隔壁住的小勤子呀。"

老金说："小勤子呀，你小时候我就说你以后会出息的。果然，我听人说你现在有大出息了。"

李勤知道，老金早年也是读大学出去了，只是受了冤屈被赶回老家，几十年来一直靠在镇头桥边摆个修钟表小铺子给人修钟表过日子。老金很聪明，从没拜过师学过，然钟表修得挺好，收费也低，靠这手艺养活单身的自己。当年的老金被叫作隔壁老金，他们的老宅是个大院子，里面住着好多人家，大人们大多在镇木业社、搬运社、竹业社工作。好些人家孩子多，日子过得挺拮据的。到了交学费交不出时，大人被逼无奈，总会想到隔壁老金。老金其实手头上也拿不出多少钱，他总是把钱分成几份，有一块有两块，让几个孩子都应应急。其实，当年的几块钱已经是大钱了。只是，男人碍于脸面，不愿出头。女人出面多了，男人又会不乐意，似乎损他的脸面。李勤小时候，他妈有没有跟老金借过钱付学费，李勤不大清楚，然老金一次次说小勤子以后会有大出息的话，他却清清楚楚地记得，有时他在外闯荡中有好几次遇上难事觉得很消沉的时候，会突然想起隔壁老金小时候对自己的赞。老金赞李勤时是由衷的。李勤一直把老金看作镇上最聪明的人，他甚至把老金的赞看成了对自己将来的预言。李勤小时候非常崇拜多才多艺的老金，李勤的母亲也常常跟李勤说，隔壁老金是个有能耐的人，是镇上第一个考取大学走出去的人，只是受了冤屈。

从老金处拜年出来，李勤跟人打听老金目前的生活状况。邻里都说，老金现在日子过得挺滋润，早年的冤屈早有了了结，恢复了工作，退休后回了老家，一个月有一万多工资呢。九十几岁了，身子挺硬朗的。当年他帮过的一些人家也常常去照顾他。

回到宾馆，李勤心里仍有个小小的结没有解开，问母亲，当年自己家有没有跟隔壁老金家借过学费。

母亲非常肯定地说："没有！"

李勤不解，问："那为啥要给他第一个拜年，谢他呢？"

母亲说："你小时候，有一次，你爸被人冤枉了，一些跟他结过仇的人揪着他不依不饶，你爸一时想不开想走绝路，是老金一路上追着你爸，跟你爸说了一句话，让你爸回心转意。"

李勤问："啥话？"

"老金跟你爸说，'你孩子以后会有大出息的'，他敢肯定。"

虬 弄

虬弄，长数千米，宽两三米，是一条明清时留下来的老弄。清一色的石板街，街道两边都是从明清一直到二十世纪七八十年代建造的各种砖瓦楼房，密密匝匝，参差交互，鳞次栉比。

虬弄，曾经辉煌过，早年出过几位进士，后来大多在外面当了大官，当年的宅邸和牌楼还依稀可辨。到了近代，弄里出了好些留洋学子，在各个行业里有成就的很多。据说，市里编的《虬名人汇编》，就收录有成就的知名人士近百人。只是到了最近一些年，年轻人不喜欢住陈年老宅，有能力的、翅膀硬了的，都一一搬出了老弄。现在老弄里居住的，除了一些上了年岁腿脚不便的老人，便有一些各种原因的租房户，有一户一户单租的，也有几人十几人合租的。老弄里的老宅设施简陋一些，租金自然也比外面的房子要便宜得多。然老弄又在老城区，几所好医院、好学校又在附近，租户还是不少的。

租户多了，人杂了，老弄也不像先前那样安静和干净了。石板街上整日整夜有各色各样的车子颠过来颠过去，老宅里也常常传来各色各样嘈杂的声响。车子进进出出，挺烦人的。老弄本来就窄，一辆车子一堵，就把整个老弄都给堵住了，所有的车子进不了出不去。尤其是上下班高峰时，老弄里只要有一处堵了，整个老弄就全堵住，所有被堵的人都会心急火燎，大大小小的车子便会不停地按喇叭，弄得整个老弄人心惶惶。新老住户，怨声载道。有老人去街道告状，不让汽车进老弄。街道也采纳了，专门运来了石墩，拦在弄口。然进出的司机，骂骂咧咧地移开石磴，照样大大咧咧地进出。虬弄照样堵车，照样怨声载道。

一天，弄口一处紧闭了好多年的老宅，被人整修清扫了一阵后，住进了一对老夫妻。老头是一个瘦弱的老人，弄里上了年纪的老人都认识他。老人姓石，生在虬弄，从小又在虬弄长大，只是到了中学毕业后，参军去了大西北，转业后又在当地成家立业。现如今，子女都已长大，有的留在其他大城市，有的出了国，他选择了落叶归根，带着老伴回到了老宅。

老石，其实是个犟人。小时候，读书时不听话，老师要关他夜学，他就跟老师犟，到了半夜也不肯离开教室，弄得老师再也不敢关他夜学。

老石住到自己的老宅后，把临街的街沿石清扫得干干净净。

那些街沿石向阳的，老石有事没事就把家里的竹椅搬出来架在街沿石上，邀几位老兄弟围坐着，喝喝茶下下棋吹吹牛晒晒太阳。

虬弄街面本来就窄，老石他们这么一坐，汽车就进不来了。那些司机纵然把拦路的石墩移走，也过不来老石他们的人障。司机恼了，老石不理会，该喝茶照喝，该下棋照下，该吹牛照吹，该晒太阳照晒。最可气的，到了晚上，老石仍把那些竹椅留在街沿石上，谁想动，他就跟谁急，说："我爷爷的爷爷就一直在这街沿石上喝茶下棋吹牛晒太阳，你们怎么着？"有司机明里不敢跟他较劲，暗地里照样把他的竹椅移开，开着车子闯进老弄。谁料想，老石是个特别较劲的人，你移了我的竹椅把车开进老弄，我就一不做二不休，干脆把竹椅锁在石条上，让那进老弄的汽车永远出不了老弄。那跟老石对着干的司机，只得甘心认输，带了礼上门求饶。老石照样不理不睬的，说："要行贿，没门。"

老石就像一只拦路虎，有一夫当关万夫莫开之势。弄口拦住了，汽车也进不来了，老弄里没车街道也就不堵了。街道不堵了，也没人按喇叭了。街道里安静了，也没人怨声载道了。

就是有一日深夜，老弄底突然起火，火势凶猛。消防队接119报警后，很快赶到，移开拦路的石礅，几辆小型的消防车鱼贯而入一路到弄底，及时扑灭了大火。由于扑救及时，这场因电动车充电引起的大火没有殃及左右邻里，实属不幸中的大幸。只是，老石原先霸路的几把竹椅在紧急情况中，都被扯烂了。弄内侥幸避过一难的几户人家于心不忍，筹钱为老石买了几把新的竹椅，放在原处。

从此以后，那几把竹椅，也不用加锁了，也不会有人去移动。只是有一些陌生的司机试图开车进入老弄时，有人会非常诡秘地警告他：你车子开不进去的，弄口有老石的竹椅子。陌生的司机听人把老石的竹椅子渲染得非常诡秘的样子，也不知道其间的水深，自然不敢贸然而入。

后来，邻里都说，老石常年保护老弄里的消防通道，有功，应该表彰。街道里也接纳邻里的提议，说要表彰他。老石说啥也不接受，说，消防通道本来就应该是畅通的，他的功劳微不足道。

其实，大家都不知道，老石早年参军当了消防兵，转业后一直是当地的义务消防队员，大半辈子立了无数的功，老了回到老家，干不动消防了，然他觉得保护一条消防通道还是绰绰有余的。

冻　土

我爷爷是个老军人，一个久经沙场的退伍老军人。

那年，我爷爷正在自家村头放羊，被路过的部队拉上就走。部队的长官说他们不只管饭，打了胜仗立了功还奖现大洋。懵懂的我爷爷正饿着，正巴着有人管饭，一听有人管饭就屁颠颠地跟着跑了。那年我爷爷才十七岁，军装的袖管和裤管都得挽着。被部队拉上的我爷爷，一直被拉到了好几百里路外的一个陌生的山村外，当官的让我爷爷在村外挖沟壕，并吼着说："小子，拼着命挖吧，不要偷懒，否则一开仗头一个丢性命的就是你。"可待当官的才走不远，一个满脸横肉的老兵提着锹和枪过来把我爷爷赶到他原先挖的地方，我爷爷过去一挖，才知是风口中的冻土，硬得很，一锹下去只能铲去薄薄的一层。我爷爷知道自己是在跟时辰赛性命，拼着命挖那冻土，手心震裂了，满是血水。一直到对面有了敌兵，远远地稀稀拉拉地不停地朝我爷爷这里开小钢炮时，我爷爷才挖出一个只能撅着屁股钻进去的小坑，我爷爷想这回非挨炮弹丢小命不可了。可谁知，对面的小钢炮才打了几炮，我爷爷原先挖坑后来被那老兵霸占的地方正好落了发炮弹，那老兵虽躲着，却被拔萝卜一般从坑里炸飞出来。望着那血肉模糊的老兵，我爷爷倒是有点幸灾乐祸的。待我爷爷挖到能躲人了，敌兵也就撤了。跟他们开仗的是日本人，那日本人打仗贼鬼。

说来可能你也不信，就是那回，我爷爷不只毫发未伤，而且在挖那冻土时竟意外挖到了一些人家避难时埋的现大洋，沉沉的好几十枚，用土布紧紧地裹着。我爷爷虽说从没拥有过哪怕只是半枚的现大洋，但我爷爷见过也知道这东西的金贵。得了这么多现大洋，我爷爷却不敢声张，只是在部队继续开拔的时候，趴在地上诈死，在冰天雪地里躲了半宿，待部队走远了，折回来取了现大洋。就在我爷爷摸索着想溜回家去的路上，却被另一支部队给逮住了。

新部队逮住他，开仗也正迫在眉睫，换了顶帽子，也就编入了新的队伍。即将开仗的队伍，也拼命赶着时辰挖沟壕掩坑。晦气也该我爷爷再次轮到，当官的给他指的地方同样是风口的一片冻土，用镐拼命地刨，那土也只能刨掉一丁点。我爷爷心寒了，心想这回非挨炮弹送小命不可。这时，一边不远处的一个五大三粗的老兵过来，二话没说，把冻土接了过来，而把他赶到了他自己业已挖过的沟壕里。

不长一会儿时间，对面也有了敌兵，开始打小钢炮，狙击手也开始放冷枪。也没放几炮、没开几枪，那刨冻土的老兵，因为掩体实在太浅了，头上中了一弹，人一下子跌扑在冻土上，鲜红的血汩汩地从弹洞中冒出来。跟他们开战的还是日本人。

看着帮他刨冻土而替他死去的老兵，我爷爷心里愧疚不已。我爷爷第一回知道世界上还有这么仗义的人、仗义的军队。我爷爷也是一个刚烈的汉子，人家有义他不能无情，原本打算停仗后再诈回死溜走的我爷爷也就决计跟上这支部队走了。决计跟部队走后，那些现大洋也就成了累赘，成了累赘后的现大洋也就被我爷爷交给了部队，部队当官的便发还我爷爷一块，说是部队的奖励。揣着这块部队奖励的现大洋，我爷爷跟着这支部队，一路南征北战，最后打过了长江到了江南一个县城落了脚，也就按部队上的安排退伍留在了地方上，过上了小时候放羊时根本没有奢想过的城里人的日子。

爷爷很长寿，他是不久前才默默离去的。离去前，他自己似乎觉得有些预兆，把那枚随身带了半个多世纪的现大洋给了我，也就跟我说了那段往事。爷爷说："我一个山里的放羊娃，原本啥都不懂，是这冻土，让我知道好歹，让我懂得哪些人是靠不住的，哪些人是可以一生一世依赖着的。"